人虫

谢奇 著

Editorial Comte Barcelona
巴塞罗那伯爵出版社

Bug Man
First edition
Front cover and Editing by Qinfeng Zhang
First printing Febrary 2020
Published by Comte Barcelona
ISBN: 978-84-121969-9-3 (Paperback Edition)

Visit https://comtebarcelona.com

书名：人虫
著者：谢奇
版次：2020年5月第1版
封面与编辑：张秦峰
出版发行：巴塞罗那伯爵出版社

ISBN: 978-84-121969-9-3 (平装版)

详情可访问网站：*https://comtebarcelona.com*

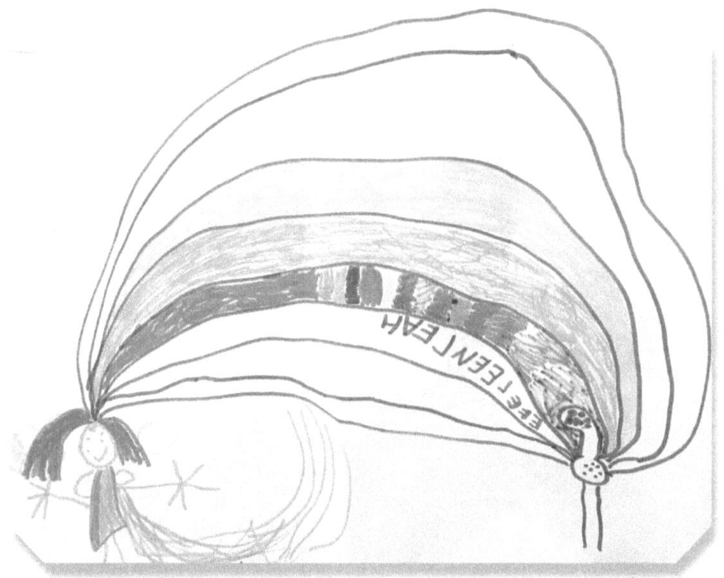

Leah X., 2020

　　构思这部小说的灵感来自我五岁女儿 Leah 的这幅画，她试图向我解释了她创作时的想法。我也许能这样诠释这幅作品：有一天，天使和魔鬼终于相遇了，他们各自咏出的咒文没有激烈地碰撞，而是交融起来，最后连他们自己的躯体也缠绕在一起，于是天空中为人们降下一片美丽的彩虹（她并且试着写下了几个人名，是她自己和两个好友的名字）。

　　这个给成人的童话写在全球大瘟疫中，人们见不到自己的朋友，连教堂、清真寺都去不了，但无论多可怕、多漫长的梦魇终会过去，好朋友们能再次相拥在一起，爱终将洒遍人类的世界。

　　申明：小说中的人名、地名、国名和各种组织的名字是虚构的，如有雷同，纯属巧合。作者对阅读此小说产生的一切后果概不负责。

目录

1. 地狱之子

喝过酒，做过爱，她就这么躺在床上睡去了，留下林潇原孤寂一人。

金色的床头柜上放着两个银色的冰桶，里面各插着一支路易侯德粉红香槟酒，一支已经空了，另一支里还有一大半。圆柱形的银色冰桶上，趴着密密麻麻、莹润闪亮的水滴，这些凭空出现的水滴，它们默契地前赴后继，相约一起往下流动，很快在冰桶和柜子表面的夹缝处汇聚起来，成了一滩清水。这滩清水变得越来越大，随着柜面的微弱倾斜，顺势演变为一条迷你的小溪。水滴们汇成的小溪如此微不足道，却团结起来，勇敢地挑战床头柜的边界而去，它们越过边界，在金色床头柜的侧面还迂回出两道湾，最后全都滴落在黑色的羊毛地毯上。林潇原睁大眼睛，努力地望向它们所滴落的地方，却根本难辨踪迹。它们消失了，就像从未存在过。

"这一切又有什么意义。"林潇原想。

以金色和黑色为基调的新艺术风格总统套房里，除了香槟酒的果香味，还充斥着她身上的味道。林潇原的嗅觉从小不太灵敏，不会分辨气味的本原，但他知道这是她身上的香水混合着少女的体味。事实上，每次林潇原追寻着这种特别的味道，思考着它的时候，都让他心碎。一个看上去如此无辜无暇的少女，却怎会拥有复杂层次的味道，以至于到了这种境地？

他披上真丝睡袍，起身把窗户打开一条缝，让外面的秋季凉风吹向自己的脸庞。他不知道自己为何要这样做，林潇原想这也许是生的本能吧，他今天不能让自己再心碎，不能让自己的胸腔里充斥着这种要命的味道，最后溺死在这个神秘少女的气息里。

然而此时此刻，对面被静音的电视里，现在播放起地区新闻，这个可恶的电视屏幕！他已经把它静音了，可它居然又让他看到了这些画面，当作新闻素材，无情地重复着他今天在公司看到的恐怖情景，这绝对不是巧合！林潇原觉得，地狱如果也有窗口，指的一定就是他面前的这个电视屏幕，它播放的事物有毒！

电视屏幕上的图像，把他拉回到今天上午的记忆碎片中，他原本努力想要忘记的。林潇原手下最得力的一个基金经理从他公司办公楼40层的会议室跳下来，而他正好就在街对面的咖啡厅里。林潇原没有想到从40层跳下到落地，会是如此长的一段时间，或者当时他身周的时空浓重起来，如同正在凝固的奶油布丁。林潇原一眼看见空中下坠的男人，就认出他来，他的名字叫Rick，一个极易忘记的普通名字，必须和Dick的绰号联系起来才能记住。外面的风很大，基金经理的黑色西装上衣飘起来，在空中居然自己脱离了他的身体，笔直地往林潇原这边飞来，似乎不愿意和自己的主人一起赴死。而他的身体褪去了这层西装的凝重黑色，露出白色的衬衣和雪白的肉体，他的下身穿着一条白色的西装裤，整个人仿佛变成了一只断线的白色风筝。林潇原简直怀疑这里的重力此时也趁机嘲弄他，重力让他十分缓慢地落下，甚至让他在某些时刻漂浮着滑行，好让更多的人看见。不过林潇原琢磨着，重力也可能是在嘲弄自己，一个年轻、成功的金融大鳄的陨落，他和他高高垒砌的"林氏资本"。林潇原看见旁边桌上的女士拉长了脸，她开始尖叫起来，对着他尖叫，音调又高气又长，把咖啡厅里优雅的爵士乐犀利地撕成了两片。

林潇原到这个咖啡厅，本想听着音乐冷静下来，现在可好。他上周就知道了今天周一开盘会怎样，只是不知道熔断之前能撑五分钟还是二十分钟而已，几万亿、几十万亿国际 D 货币的资本就这么凭空蒸发了。

不过，其实对他来说这又有何意义，它们原本就是用人的贪婪吹大的泡泡，实际上从未存在过，消失的时候比那些水滴更没有存在感。但就在今天这个当口，他的老爹从国外飞来，居然要召集他自己公司的高层开会，还有比这更糟糕、更丢脸的事情吗？林潇原才不要参加这种会，这个永远板着脸的老头子，从小就一直盯着他的后背脊梁骨，指责和控制他的一切，即使他已经离开老爹的身边，老爹也派人天天盯着他。没办法，老爹就是他事业的维他命B，握着他生活走向的命门，他的生活不是他的，而是老爹的，是他所规划、预见的产物。林潇原不知道老爹和基金经理说过什么，也许用他那不可一世、残忍、毫无情面的帝王态度。林潇原也不知道 Rick 的跳下是否也带有一点点反抗的意味，是否至少在这个帝王的心里洒下一片水滴，他不确定。

咖啡厅里面可以听见"噗"的一声响，本来在空中漂浮的 Rick 终于掉落在了地上，鲜活的躯体也成为了一堆事物，安安静静地伏在那里。林潇原身边的女人还在拼命尖叫，又有几个男人女人也加入了叫声的行列，他的耳朵从小很灵，这些人的声线有高有低，各有特色。等下，这可以理解为是惊叫吗？林潇原认为也可以这么判断，这是 Rick 在这个地狱里所收获的最后的关注、在意和最后的欢呼。对林潇原来说，他漂浮在空气中的最后那些时刻变成了永恒，他绽放了、解脱了，所以林潇原的心里应该有羡慕。他可以想象 Rick 的脸上不只刻着绝望，也闪烁出期待，对彻底离开这个地狱所重燃的期许之光。他再也不用整天在公司的 trading floor 里面翻滚和搬运那些本就不存在的巨大数字，和所有人一样穿着黑色的西装跑来跑去，像一只只披着黑色甲壳的蜣螂。

林潇原起身走出咖啡厅，捡起那件已经兀自飞到咖啡厅门口的黑色西装，拂去上面的灰尘，把它穿在了自己身上。他本来只穿着一件黑色的 T 恤，下面是蓝色牛仔裤和白球鞋，和这件西装不太搭调，他也从不喜欢穿西装或任何制服，可是这件西装有种老于世故的狡猾气质，它刚刚优雅地避开了自己覆灭的险境，尺寸也正合适他，它还充斥着 Rick 身上的气息，死亡前的气息。

马路上的汽车来来往往，办公楼下步行道上的行人们自顾自匆匆前行，只是避开了 Rick 的身躯而已，就像避开一滩积水。林潇原最后看了一眼他的脸，撇去那些鲜血和污物，他的表情看上去很安详，很轻松。

他走进办公楼，见到他的人仿佛都露出惶恐的神色，一声声叫着"林董好……林董好"。他没有回应他们，心里什么思想都没有，一片空白，很快上了 40 层的会议室。走进会议室，巨大桦木会议桌的一端只坐着一人，他那老爹，他和他身上鼓足的那种霸道气场。

"父亲，不是要开会吗？"林潇原敷衍地问他。

"已经开完了，坐这儿，原原，让我们父子俩现在聊下你的正经事。"他的声音浑厚而震撼，仿佛自带放大效果，他叫着林潇原的乳名，不由分说地指着自己身边的一张皮椅。

他走上前去坐下，身上穿着 Rick 的黑色西装，觉得自己也成了一只披着铠甲的黑色甲虫，而这件西装似乎也愿意暂时保护他。深呼吸后，他直视老爹的双眼，他已经快一年没有见过父亲了。老爹瘦削严酷的脸上已经布满了深刻的皱纹，他原本黑色的头发已经全都变成了银灰色，这让他看上去更具威严，他的眉毛却仍然很黑很粗很浓重，瞳神还是一如既往和老鹰一样犀利和深邃，仿佛拥有无限的欲望和生命力。

"你今年冬天就 25 岁了吧，我安排了你的婚事，这就是你未来的妻子。"他的语气永远像绝对的命令，不容分说，不容质疑。像变戏法似的，他不知从哪里凭空抓出一张照片放在林潇原的面前。

照片上是一个白人年轻女子的全身照，她的面目姣好，身材完美，皮肤尤其白净，看上去是个很有智慧和同理心的出色女人。林潇原从小在老爹的压力下学习对人脸的解读，他的直觉告诉他，这个美丽、优秀的女人会是个十分理想的妻子。可是他的心里有一种窝囊、无助、被侵犯的情绪涌上来，它渐渐地让他满脸通红。

"玛利亚·林德曼是她的名字，今年也是 25 岁，明年大选后，她就会是那个国家总理的女儿。你从年底开始会在背后支持他们的家族中工作，三年内你的目标是财政司长，然后就是副总理。从政是你的宿命，我知道你比你哥哥更有这方面的天赋，金融和钱只是维持这个世界规则的工具，是枯枝末节的东西，就让你哥哥应付足够了。原原，你有你大哥所没有的品质，我们整个家族对你的期许远高于你的大哥，你明白吗？"

那种被侵犯的情绪涌上林潇原的后脑勺，它变成了终极的愤怒，他再也无法克制自己。他面向他，对着这个冷酷的老家伙和他身后的显贵家族吼道："今天，你就是来和我聊这个结婚的事情？一定要现在说！我的公司倒了！员工会失业，会跳楼！也许他们的家庭也跟着完蛋了！下面还躺着一具尸体，他也有名字的，他叫 Rick！你就一定要现在，在我面前说这个……"他的声音破了，无法再吼出一个字来。

"金融雪崩是我们世界规则的一部分，每十几年就有一次，有什么好稀奇的？除了林氏资本，你手上现在还有几个公司？"他无视林潇原的怒吼，高高在上、心平气和地问他。

林潇原已经根本说不出任何话来，他暂时失声了，整个人被包裹在自己燃烧的怒火中。此时此刻，他最想做的事情，是跳到这个老头的身上死死掐住他的咽喉，说什么也不会放手，也许两分钟就能完事。不过他也知道这根本无济于事，他们的帝国并不会崩塌，这些人经营着这个地狱的规则不会改变。

老爹翻开西装右手的袖口，露出自己的手环，他的手环和林潇原的一样，闪烁出金色的光芒。他激活手环上的程序，手环投射出金色的全息影像，那是林潇原所有的私人资料，赤裸裸地。

"啊哈，除了林氏资本，你还有两家投资公司，一个豪华连锁酒店的实业，一个慈善基金和一个准备中的非盈利机构。怎么，你还要启动你那个资助人虫孩子的非盈利机构吗？也好，我现在不反对你了，这个项目也许对你今后从政会有好处。这些都无足轻重，你哥会接手过去。"

老爹提起这个机构，让林潇原的心念闪动起来，这让他鼓起勇气，也找回了自己的声音："我……我……做这个机构，是出自真心，别在这里玷污我的初衷！那些人虫的孩子，你们打算怎么处理？你们玩弄了这些人！这次的金融雪崩，又会有多少人失业，会有多少中产阶级的家庭破碎，会有多少可怜人无法偿还自己的债务，又有多少人只能去变成人虫！"

"哼，中产，这种虚伪的词汇是说给谁听的，是说给你听的吗？你怎么能把自己也绕进去呢？哼，中产，这个世界上哪来这种玩意儿？这个世界只有上面和下面，它的当中是空心的，你怎么会不明白？人虫界就已经是给他们的第二次福利了。你是知道的，这个世界上只有两种人：我们和他们。你是我的儿子，怎么能自甘下贱，钻到他们的视角和思维中去。你喝酒吗？"他站起身来，走去会议室的吧台后面，拿出两个威士忌杯子开始往里面加冰块。

林潇原无言以对，这些从小听到大的话，他想也许就是魔鬼的低语，老爹重复了千百遍的魔咒，它们早已成为了现实。

"总之，原原，你不用担心你的身后事了。你大哥的远东资本已经启动收购这里的程序，我们各种做空的资金早在一个月前就开始进场了。金融市场的崩塌只会让远东资本变得更为强壮。你十年前说你想玩金融的时候还是个孩子，可到现在还没摸到这个世界真正的门道呢。玩弄金钱层次太低，权力和规则才是你接下来要学习的重点。"他把一杯加冰的芝华士放在林潇原的面前，浓烈的酒精味道让林潇原的唾液分泌起来。

他端起杯子，把里面的芝华士一饮而尽，"你是说怎么用权术，用利益诱惑渗透操控国家政治，用暗势力把金钱再洗到自己口袋里这种东西吗？我受够了，你怎么确定我有一天不会去你们的对立面揭发你们！你们这样的人，永远不会为别人着想，你们是恶魔的化身，宣扬的是仇恨、斗争和阴谋，你们遵从厚黑学不知道爱为何物，你们最终会遭受上帝的惩罚！"

"可是原原，你说的上帝在哪里？你说的我们的对立面在哪里？要怎样惩罚谁？我倒是无法预见，除非你能证明给我看。"老爹正襟危坐喝着酒，脸虽然还是板着的，可是林潇原仍然能捕捉到他那一丝得意的神情。

"哼，你走着瞧吧，报应一定会来得比你想象的还快。"林潇原默想着，站起身来，根本不想再看自己的父亲一眼。

"对了，刚才那个基金经理，他之前看破这次雪崩以为自己很聪明，做了多余的提前预警，成了这次雪崩需要的最后一片雪花。虽然在预料中，不过他不该有这些小动作，我就让他做了个选择题。一种是继续留在业界，但最终会家破人亡，另一种是自己做个了断，我们会帮他照顾好他的家人。没想到他那么干脆地往下跳，我说的'了断'也不一定就是这个意思。不过如果这个傻瓜进入人虫界，结果也没差多少。"

林潇原已经悲愤填膺，他想他是咬破了自己的舌头。

"哦，还有，你今天晚上约的那个小婊子，她谎报自己的年龄了。你从此以后要小心些，千万别让好事的人抓到把柄，对你以后从政没有好处的。"老爹在林潇原背后阴沉地说道。

林潇原快步走出会议室，即使再多面对父亲一分钟也做不到，他知道自己一定会掐死他。

"嗨，你能再帮我卷一次那个烟吗？"神秘的少女赤裸着身体，居然醒了过来，她的每只眼睛都像无比清澈的一潭甘泉，闪烁出奇妙的旋律来。

林潇原也从回忆中苏醒过来，他感到灵魂仿佛也随着这对美丽眼睛的旋律蠢蠢欲动地舞蹈起来。

"Sure！"他对她笑道。

2. 水清之原

含有 THC 或 CBD 的烟叶分好几种，不过其效力大致分为两种，一种会让人忘却忧愁而最终沉沉睡去，而另一种则会让人的一切感官敏感起来，放飞人的思维，打开意识的禁锢，让灵魂也悦动起来，一切听觉、视觉和味觉的体验变得奇幻无比。林潇原想，她现在要的是第二种，他也是。

点上卷了 THC 烟叶的烟卷，林潇原自己先抽了一口再递给她，然后他打开了 Chris Botti 的爵士乐，美妙的小号声先从总统套房的音响里飘出来。

"哈，没想到你是个爵士乐的老行家，那么古老的人和曲子。"她格格地笑了起来，很惬意地吸了几口烟，把变短了许多的烟卷递还给林潇原，开始附和着爵士乐的氛围哼起了小调。她天籁般的歌声渐渐变得高昂起伏，与爵士乐配合得天衣无缝，真是个天生的自由爵士歌手。

她唱到：

"早上好，先生！哦，虽然现在还是夜晚。

不过，你没有看见外面的阳光明媚？哦，你为何还坐在我的床边？

你不介意去晒晒太阳吗？你在我这里能得到的，只有冰冷黑夜。

傻瓜，你想要我的热吻？你这个甜心陌生人。

来来来，过来吧，不管你是谁，到我的床上来，亲爱的男人。

也许让我们在被窝里再做个暖暖的美梦，因为我的黑夜太冷。"

林潇原睁大眼睛，认定她的歌声只有在自己最美的梦里才能感受到，少女赤裸的身体发出刺眼的白光，林潇原只能看见她的身形轮廓而已，她的后背伸展出纯白羽毛的翅膀，林潇原确信有一支羽毛掉落在金色床头柜的后面。是的，他遇到了一个上帝派来的天使，她一定掌管着悲伤者的灵魂，抚慰治愈他们心里的伤痛，给他们希望和勇气。

"你能嫁给我吗？"林潇原不由地问道，显得如此自然，他想是因为 THC 发挥了效用。

她格格地笑起来，声音仍然如此清莹美妙："你知道我是谁吗？你只是约过我两三次而已，连我的真实名字都不知道。"

"我不知道你的名字，可我知道你就是天国的使者，我会被你治愈，但也会死在你的手里。"

"所以我是你的死亡天使亚兹拉尔。"她张开白色的翅膀。

林潇原也笑了起来，并且重新看见了她美丽精致的脸庞，他亲吻她的额头，真诚地端详着她说道："那么你愿意吗？我的死亡天使。"

她的双眉一颤，似乎被他触动，但更可能是警觉起来，她恢复了一如既往的甜美微笑说道："我不是说了，你在我这里只能得到冰冷的黑夜，甜心陌生人。但其实我撒谎了，我很清楚你是谁，即使如此你也不是我的理想型，我很清楚自己不会爱上你这样的男人，我们不是站在同一边的人。"

林潇原现在对她的直率也着迷起来，但自己的心毕竟沉了下来，他保持微笑问她："哦？我是谁？"

"你是林家公子，女孩子都想认识你。遇见我算你幸运，遇见别人保不准会勒索你，说不定你的隐私都会出现在明天电视的八卦新闻上。"

"这怎么说？"

"让我数数，今晚你就得了三个罪名。第一个，明年我才十八岁，说二十岁是骗你的，所以你是和一个未成年人在一起。第二个，你给未成年人喝了酒。最后，你还给未成年人卷了THC。以你的名声和地位，你觉得我可以勒索你一大笔钱吗？"

"请便，任何数字我都会确认授权。"林潇原仍然在享受THC的效力，把自己闪出金色光芒的手环接近她那普通的白色手环，示意她可以转走一大笔钱。事实上，他此刻希望她能够拿走自己所有的资产。

"可是我已经不再需要那么多钱。今晚，你我应该是最后一次这样见面，我以后再也不向你要钱了，这让我觉得羞耻。"她的脸色有些阴沉下来。

林潇原沉默了，暂时不知该说些什么。他又卷了一个烟卷，点上吸了一口后递给她，"你想和我聊聊吗？你所说的冰冷黑夜是什么。"

"不，我不想聊这些事情。"她低下头来。

"那我可以向你诉说我今天的遭遇吗？"林潇原见她对自己点了点头，于是把所能回忆起今天发生的事情，细致入微地向她叙述了一遍。他最后说："我真名叫潇原，水清深之本原，因为我老爹一直要我从政，他觉得在那个疯狂又腐朽的圈子里，这个名字会比较合适。所以这个名字，就像是对我一生的讽刺和禁锢，我永远也无法取消它，这就像恶魔的诅咒，而我就是地狱之子。无论我在魔鬼的规则体系中做什么，无论我的行动指向何方，最后都会以某种方式伤害到这个世界，给人们带来灾难。"

少女默默地靠近他，伏在了他的身上，她侧着头枕在他的心口，仔细听着他的心跳声，"也许你是地狱之子，但你胸腔中的那颗心还在汹涌澎湃地跳动啊。我是音乐学院二年级的学生，接近你，我是为了金钱。我要给我的哥哥治病，他患有先天性肺部疾病，去年到了不得不手术和治疗的程度。我的父母负债累累自身难保，我努力了一年，可还是治不好他。他两周前死了……"

林潇原能感受到她的眼泪，他感到大量的泪水一定在自己的胸口累积成一潭清泉，暖暖的、苦涩的清泉流入他的胸腔中，把他的心脏包裹了起来。于是林潇原的心中也涌出一股暖流，这阵暖意与少女的眼泪汇聚在了一起，他用自己的身体和这股温暖把她紧紧包裹起来。此刻，他们两人的心扉相通了。

过了良久，少女说道："我想你说的也许没错，这里一定就是地狱。我总是想自己能选择一种活着的方式，尽力去帮助别人，可是却不知如何是好，最后连自己的哥哥也帮不了，也许我去做人虫试试。"

"你知道成为人虫意味着什么吗？"林潇原抚摸着少女黑色的长发。

"正想听林公子说给我听听。"

"在表面上，你必须交出现在的手环，变得在现在的世界里没有身份，然后穿上人虫带有硬壳的套装，并且再也脱不下来了。一旦你违规脱下人虫套装，就会失去一切生存资源，会比乞丐还悲惨。实质上，人虫的套装和硬壳就是绝对的枷锁，无法打破的枷锁，人会对权力失去一切反抗的可能，那里只是地狱的第二层罢了，跳下去就再也没有回头路了，相信我。"林潇原不确定她是否能明白自己在说什么。

少女抬起头来嬉笑着，用一种深沉的音调说："上下左右都是地狱，又有什么区分，你不是说我是天使吗？所以我不入地狱，谁入地狱，我要去救渡苦难众生。你说自己是地狱之子，越深的地狱难道不就是离你的归宿越近吗？"

林潇原不知道她这番言语是不是 THC 效力下的胡言乱语，可它是疯话也好，却让他心口灵光一闪。他忽然明白了自己存在的意义，自己的存在难道不就是老爹的弱点，他应得的、最容易有效果的报应吗？

"我和你一起去人虫界吧，你愿意吗？"他对她说。

"你说真的？但我还是不会嫁给你，也不会和你交往。"少女的表情又严肃起来。

"我说真的，我不会强求你什么。"林潇原此刻正为自己能想出如此惩罚老爹的方法而无比兴奋。

"说定了，林潇原。以后你可以叫我欢欢。"

3. 灾厄降临

在极度疲劳和绝望的时候，年轻的女人米灰会产生一种十分清晰的直觉：外面的阴云、风雪、植物、建筑的色彩，遇见的人和事，以及自己和身边人的境遇，都处在一个巨大的体系里。这个体系从不停歇，从不疲惫地算计着、修正着或抹消着一切。于是，一个人、一群人、一代人如何努力地挣扎也好，如何勇敢地抗争也罢，他们的命运仍然遵循着固定的轨迹。人所能实现的所谓自由，或者所能决定的事情、推动的变革，永远仅仅是沧海一粟。也许，她就是这样一个极度悲观的宿命论者。

外面降下雨夹雪，现在已经是上午十点，可是天色就如同抹上了一层厚重的炭灰似的，沉重地往下压，比暗夜还要阴森凝重。两个多月以来，米灰能记起的天色就一直是这个样子的。她开始病态地爱上了这样的天色，归顺了它的凝重，它无限地贴切着自己的心情，也更能让他们安全地隐藏在这个 17 层高的公寓里。

米灰紧紧抱着她五岁的女儿凯琳坐在窗口，抚摸着她瘦骨嶙峋的身体，她的身体开始变冷，米灰幻想着正把自己身体的热量、她的生命一点点分给女儿，即使她的直觉告诉她，这不现实。现实是什么？只剩下瘟疫、战争、饥荒和死亡，它已经为他们指明了不远处的墓地，那里是他们的目的地。

这个公寓楼不是他们的家，但也许就会是他们最终的墓地。他们的家在富裕的别墅区，那里被一群武装匪徒抢劫了，匪徒抢走了他们所有的食物和生存物资，连一个平底锅都没剩下。一个月前，米灰和弟弟一起带着女儿凯琳逃到了这个公寓楼，在这个17层的废弃公寓里，他们居然找到了一些食物和用品。这个公寓楼里面已经没有人了，现在连老鼠似乎都被弟弟制作的捕鼠器消灭绝迹，老鼠肉早已成了一种奢求。他们没有电，没有饮用水，燃料只能靠烧木材和书籍，要不是最近一直下雨，依靠着弟弟制作的雨水收集器和过滤装置，他们早就渴死了。米灰觉得，天气是在可怜他们。

她记得很清楚，上周的时候，凯琳早晨醒来后，还有力气和他们玩一会儿过家家的游戏。这里有一些玩具，凯琳会把它们当成面包、冰激凌、果酱、肉和鱼，让大家都吃得饱饱的。凯琳已经因为极度缺乏营养而非常虚弱，但她的眼睛还曾经有神。

米灰鼓起勇气的时候，曾努力笑着问女儿："凯琳，你怕死吗？"

"不怕，我才不怕死呢。"她回答得十分坚定。

"为什么不怕，许多人都怕，妈妈也怕。"

"妈妈你不用怕，真的，幼儿园的老师丽莎说了，人死了灵魂会去到天国，就可以看见以前的亲人。我可以看见外婆了，天国里还有许多各种颜色的冰激凌，有草莓的、香草的、芒果的，很多很多，我会要草莓和香草两种，你也可以吃到你最喜欢的巧克力口味。天国里还生活着独角兽，它们的角是彩虹做成的，而且都愿意和友善的小朋友成为伙伴。"

"凯琳是世界上最友善的小朋友。"米灰的弟弟胖胖在一边说。

凯琳似乎对此深信不疑，米灰有些疑惑，五岁的孩子还是那么天真的吗？虽然她的直觉告诉自己，女儿还太小，并不理解死亡，但在女儿的回答中，她居然找到了一些卑微的慰藉。是的，她承认自己胆小，是个渺小的可悲母亲。

弟弟和米灰的丈夫大吵一架，就因为凯琳的事情。米灰觉得，其实这场架应该由自己来吵的，因为是自己不同意把凯琳送去政府指定的地方隔离的，她羞愧自己连与丈夫吵一架的勇气都没有。这场突如其来的瘟疫传播得太快了，虽然人们都有可能会染病，但爆发致命症状的都是孩子，八岁以下的孩子必须被强制隔离。但米灰自己就是医学院的研究生，结束实习后她本来会成为一名内科医生，她很清楚这里的政府根本没有能力保护这些孩子，与其让这些到处鼓吹的政客官员把凯琳带走，不如让自己来保护她。她的丈夫走了，他响应政府的号召，年轻人都要去人虫界，他们都说因为瘟疫影响的地区太广泛，饥荒一定会来的，去当人虫是唯一的出路。

也许丈夫是对的，米灰现在有些质疑自己，也许自己和弟弟都选错了立场。不过有一件事上她是对的，政府根本没有充分的准备，没有救这些孩子的能力。这个地区的孩子几乎全感染了，死了太多孩子。她成功保护了凯琳，女儿没有染上这种奇怪的传染病，但他们却还是活不下来。

为此，米灰昨晚和弟弟也大吵一架，一路以来只有弟弟在她的身边始终支持着她，他是唯一能帮助米灰的亲人了，可是米灰见证了自己的卑鄙，她说出了最能伤害弟弟的话。她怪罪弟弟，她对弟弟说正是他的不懈坚持给予自己错误的信心，才导致了凯琳终将死去。胖胖沉默了，他没有回答姐姐。米灰清醒过来，才想起他只有十八岁啊，却比自己沉稳豁达得多。她感到自己是个何其自私恶毒的姐姐，怎么能这样对待自己的亲弟弟。

他们这个城市，只是一个巨大的被封锁地区的一小部分而已。那些去当人虫的年轻男人无一例外成为了保安，年轻女人则成了流水线上的臂膀生产设备、芯片和武器，他们都成了政府军买来的得力助手，围剿那些所谓的起义军。但对普通民众来说，无论是起义军还是政府军，他们持什么立场根本无关紧要，因为他们全是一样的匪徒。他们抢夺和控制着剩下的一切资源，成为了一个半兽半人的物种，他们的心灵早就被现实所蛀空了。

胖胖气喘吁吁地爬进屋里，没错，他是爬着进屋的。从午夜开始他就在外面寻找食物和资源，没有电梯，忍饥挨饿，对他们来说上下17层楼都成为了巨大的体力考验，也成为了隔离他们与匪徒之间的唯一保护屏障。是的，胖胖也已经是皮包骨头，他瘦得完全脱了相，变了一个人似的，米灰有时根本认不出他现在的形象，只有声音和眼神还没变。他曾经是个白白胖胖的天才少年，早就是国防学院信息系的尖子生。可现在，他脸上天生的婴儿肥都没有了，脸皮就像个老头子似的褶皱起来，他的头发又长又脏，衣服全都破了洞，整个人只剩下一个高大的架子，活像个乞丐，只有两个眼睛还放出光彩来。

"……姐，姐，去北面的房间，看……看下面。"胖胖仍然上气不接下气，看他的神情，仿佛世界末日来临了。

米灰慌忙抱起凯琳，女儿已经轻得难以想象，仿佛随时会从自己的怀里飘散而去，她的心中一阵痛楚，眼泪马上留了下来。胖胖好不容易站起身来，尾随着她进了北面的屋子。透过北屋的落地玻璃窗可以看得很清楚，楼下的十字路口中心处乌压压聚集着百来人，不，对米灰来说，那些匪徒不能称作是人。围着他们的，是更多白色的人虫，他们背上白壳的表面有着统一的标志，一个黑色的天平，象征着所谓的公平执法，他们全都是受雇于政府军维护治安的人虫。她不知道她的丈夫是否也在里面。

人虫，人形之虫，他们穿上了 FFF 公司的白色套装，套装的背后是他们的硬壳，聚合物硬壳是死死嵌入软质聚合物套装里的，人虫不被允许自由脱下他们的套装，所以必须永远背负着这个象征身份的壳，再也取不下来。米灰思索着他们还是人吗？

应该是吧，虽然许多普通人蔑视他们，认为他们正以更廉价、更没有尊严的方式出卖自己，从普通人手里抢去工作和资源，认为他们顺从了贪婪的魔鬼，实质上无意识地协助那些权力家族用裙带资本主义加速腐蚀渗透这个世界，他们的目的仅仅是活着。有人骂他们是戳瞎了自己的眼睛，割掉自己的耳朵，切除自己的鼻子，封闭自己的口舌，只是在吃食的时候才拥有一张嘴巴，嚼得吧嗒作响，他们对不公和残忍漠不关心，扔掉手上仅剩的选票，嘲笑别人的信仰和追寻自由，他们变得背叛了人性，放弃了抗争，而选择成为纯粹的利己主义者。

时间一长，普通人的态度在人虫身上形成了反弹，人虫也渐渐变得仇视普通人，认为这个世界已经抛弃了他们，普通人无权评价他们的生活方式和最后无奈的选择。在人虫的世界里他们渐渐看不清现实，最后认为自己还能好好活着，都是 FFF 公司为他们创造的，也只有 FFF 公司会为他们着想。在一些反对者眼中人虫的这种视角极其荒谬，因为 FFF 公司本就与那些显贵家族有着千丝万缕的联系，甚至就像是权力体系的前台。事实上，奴隶主也会让奴隶们吃饱喝足，屠夫也会让圈舍里的猪们长得肥壮，农场主在收割庄稼之前也会为它们施肥。在这场对峙中，许多人虫开始维护并神格化 FFF 公司，他们几乎都是曾在现实中失败的人，各种各样的人，破产的商人、流离失所的农民、失去工作的职员、失败的投资者，还有她那愚蠢的丈夫，所有那些面对困境而走投无路的人。

日子变得艰难之后米灰才知道，政府会号召这些人成为人虫，因为这会显著减轻它们执政的社会负担和财政压力。人虫虽就在人们身边，但他们实质上存在于人虫界，政府不用再负担这些成为累赘的人，不用再给他们任何资助、保障或福利，因为那已成为 FFF 公司的事情。十年来，FFF 公司与各国政府都有合作，各国政府默许 FFF 公司创造了人虫界，不仅为它们扫除社会垃圾，人虫也重新成为了可以灵活购买、雇佣的一种劳力，甚或是一种力量。人虫界，已经是一个渗透到各个国家的影子国度，一个隐匿于这个世界中的世界。

"别把头探出去，躲在窗帘后，别让他们看见我们。"胖胖在一边告诫米灰。

是的，她得尽量隐藏自己和凯琳，只要被这些人看见，他们就会马上处于险境。政府军或人虫会立即把凯琳从米灰的身边带走去隔离点，如果被起义军发现，他们会立即被抢劫一空，虽然他们已经没有剩下什么了。

就在这时，凯琳伸出右手的食指，她指着下面，一双眼睛睁得滚圆，她小小的脸蛋变得很瘦很干瘪，两只巨大的眼睛已经成为了这张小脸上的全部内容。米灰一边抹去涌出的泪水，一边顺着她的手指往下看。

一个政府军人骑着一匹黑色的高头大马，他穿着黑色的防弹衣，防弹衣上面全是血迹，手里拿着一把自动步枪。他在一堆白色的人虫中间缓缓走来，很醒目，也有些可怖，马蹄铁在马路上嘀嗒作响，踏着诡异又清脆的节奏。没错，这是政府军骑士队的，是这个地区的机动部队。在这个早就没有了任何燃料和电力的封锁区域，任何车辆都已无法行进，能保持机动力的，只有军队的马匹和人虫。而这就够了，因为他们要对付的起义军，也没有什么像样的装备，他们原本只是普通人而已。

凯琳又指了指屋子里被扔在地上的一本少儿圣经绘本。绘本翻开着，米灰看见了，没错，那上面，不正好印着瓦斯涅佐夫创作的天启四骑士画作嘛，那是一副十分恐怖血腥的画作，画的是《启示录》第六章中所提及的四骑士。他们分别骑着白色、红色、黑色和灰色的马匹，不就正好代表着他们所处的灾厄！瘟疫、战争、饥荒和死亡！

凯琳的手指向画作中第三个骑士，她的手在颤抖，两个大眼睛中充满了恐惧。那个骑士骑着一匹黑色的马，手里举着一个黑色的天平，很像那军人手里的步枪。马很高很瘦，蜷曲着长长的头颈，深黑的鬃毛随风飘起，与楼下真实的那匹一模一样。她想要说些什么，但已经非常虚弱，几乎发不出声音来，米灰凑近到她的嘴边，还是明白了她要说的话。她说："妈妈，我不饿了，但这个骑士好吓人，我怕。"

"妈妈和舅舅都在你身边，乖孩子不怕。"米灰紧紧抱着她，她把女儿的小脑袋和自己的脸颊贴在一块儿，一起躲在窗帘的后面。

楼下充斥着步枪开火的声响、刀剑交锋的金属声、马的悲鸣、各种不知名的恐怖声响，米灰听见人们在嘶吼，也可能是魔鬼们在呼啸。她捂住凯琳的耳朵，自己也闭上了眼睛。她再没有让凯琳和自己往公寓楼下看。

这天晚上，凯琳死了。

胖胖悲痛欲绝，变得不再言语。他用拆开的家具木材拼凑成一艘木头的小船，把凯琳放在里面，再找了一条印着星空图案的床单盖在她的身上。在顶楼的平台上，胖胖点着了垫在凯琳船下的木柴和儿童书籍，并且死死抱住了拼命往火堆中伸出双手的姐姐。米灰伏在地上，不敢看凯琳的脸，她不敢用自己的目光送她最后一程。无法承受的悲伤袭来，最终让她昏阙了过去，她在心中默念："对不起，我的孩子，我是个没用的、该死的母亲，只希望你在天国可以听见我的忏悔。"

她感觉自己的生命已经停止，便不再进食。但胖胖似乎还没有放弃，他一语不发，只是把姐姐摁在地上逼她喝水吃东西。几天过去后，米灰感到自己流干了眼泪。她看见镜子里，整个人几乎变成了一具风干的木乃伊，可是她却还活着，神志清晰地活着。这让她感到不可思议，人原来还能如此丑陋、屈辱地苟活。

更不可思议的，是胖胖把一碗老鼠肉汤端到她的面前时，她竟然立即感到无比饥饿，唾液从舌头下方迅速地喷射出来，她才知道原来自己风干的体内还充斥着水份和液体。米灰彻底败给了自己的食欲，她想她的眼睛中放出了绿光，也许就和一匹饿狼一样。欲望、生命之火在卑微的心中，被这碗老鼠肉汤所点燃。她狼吞虎咽地吃着这碗汤，她知道自己罪恶地舔舐着自己的嘴唇、沾到肉汤的手指，它们是如此鲜甜。

"我们走吧，去北方。"见姐姐吃完，靠墙坐在一边的胖胖对米灰说，这是凯琳死后他对姐姐说的第一句话。

米灰无声地点了点头。

不知花了几个小时，当他们慢慢挪到楼下的时候，时间已经是中午了。刺眼的阳光照射在米灰的脸上，好一会儿让她无法睁开眼，她感到全身干裂的皮肤似乎复苏了，贪婪地吸收着空气中的阳光，惹得她全身表层一阵阵刺痛。持续了那么多日子的炭灰色天空已经不见了。

好不容易看清周围，米灰才意识到他们正站在那个十字路口。

地面上满是弹坑和人血的痕迹，到处有深黑色的不明污垢和斑点，被染成深红的斑马线。能看出来这里有过一次激烈的厮杀，曾经死过许多人。但是显然这个战场已经被打扫过了，一具尸体都没有，有用的东西一律被搜刮了，连一个弹壳都没剩下。对面公寓楼的墙角边，有三个保安人虫收起了人虫形态，背着各自的白壳，以人的模样坐在那里抽烟。看见这姐弟俩，他们只是摆摆手，示意他们去东部的中立区。但米灰和胖胖没有往东走，而是一路向北。

到了下一个路口，米灰回头看了一眼他们躲藏近两个月的这栋高层公寓楼，心里对它充满着各种复杂的情感，舍不得离开它。它是一座米灰色的巨大墓碑，属于她的、她女儿凯琳的墓碑。她又望了望它的顶层平台，在那里凯琳安静地躺在胖胖为她做的木船里去向了她的天国。而她，也死在了那里。所以从这天开始她叫自己"米灰"，除了胖胖，再也没有人知道她的原名是什么。

胖胖把凯琳的一部分骨灰用塑料纸包好带了回来，并且缝在了米灰贴身衣服内侧的心口处，这的确让她已死的心灵不至于马上再次崩塌，帮助她成为一具行尸走肉。米灰想，没有这个弟弟自己会解脱吗？她这个失格的姐姐，似乎注定成为对胖胖最残忍的累赘。

一路上，姐弟俩居然没有碰见一个军人或匪徒，就这么一直来到了城市北面的哨所。有五个人虫穿着白色的套装，他们都收起了六条虫足，用人的形态坐在那里玩扑克牌，见到他们也不抬头，其中一人问了一句："你们两个人去哪里呀？"

"我们要去北方。"胖胖回答。

"哈哈，北方，谁不想去北方，我们任务结束后也会马上去北方，那里没有饥荒和争斗，生活也都正常。但现在出不去的，这里驻守的军人不在，让我们禁止所有普通人出入。"一个年轻的人虫男人说道，他的态度还不算坏。

"那你说，要怎样才能出去？"胖胖边说边从自己的背包里拿出两大片珍藏的腌老鼠肉，放在年轻男人的面前。

年轻男人一怔，脸上闪现出鄙夷恶心的神色，接着和旁边的四个男人一起笑得上气不接下气："你这是在贿赂我吗？谢谢你费心，我们可不吃这种鬼东西，吃死人你又不偿命，我们有足够的口粮。接着！请你们吃！可怜的人们！"年轻男人边说边从自己白色人虫套装的内袋里拿出好几根白色包装的食物，塞在了胖胖手里，看上去像是能量棒或巧克力棒之类的东西。

"这些你们收好吧。只有去与 3F 商店签订合约、使用产品的人才能放行，因为人虫的事情军队管不了。"从哨所的小亭子里走出一个男人，他把腌老鼠塞回了胖胖的背包里。米灰看清了他的脸，这个人曾是她的丈夫，他看上去仍然很壮实很健康，只是脸比以前黑了一点而已。男人看了米灰一眼，他眼圈是红的，米灰能读懂他瞳神中的信息，她想男人也明白自己眼睛里的故事。没错，男人不笨，看到凯琳不在自己的身边，男人立即明白了女儿已经不在这个世界。

"你的意思是，我们只有签约成为人虫才能自由行动吗？"胖胖的表情不为所动，他也早已不承认这个姐夫。

"至少在我们这个地区是的。"米灰曾经的丈夫回答。

"可是大哥，你看看这两人皮包骨头，活像两个饿死鬼，站都站不稳，可能过几天就没气了，能有什么用？战争快结束了，叛军已经不成气候，这里的保安和流水线上都饱和了，都用不上他们。"一边有一个较为年长的人虫男人说道。

"北方的 S 市，那里正在发展世界最大的 3F 物流枢纽，那里正需要很多机动力强的人虫。你们两人身后一人拖一个，带着他们跑一趟吧，来回才两天而已，算是我私人给你们的工作委托，每人给五百万 3F 币。我会在 3F 系统里发起任务的流程，送这两人去 S 市当人虫吧。"男人指着那年轻和年长的人虫说到，他又看了米灰一眼。

米灰读到了男人眼神中的复杂，充斥着悲伤，也有责怪、怜悯和内疚。她看着胖胖，并对他点了点头。

4. 萤火之光

当然，林潇原从一开始就知道人虫界是什么，是如何运作的。他早就预见了标准的人虫生活该怎么过，该如何像井底之蛙般去麻醉自己，切断自己对身边一切的质疑和思考，相信 FFF 公司的伟大，让自己重新单纯地快乐起来。但他既为地狱之子，就不可能做得到无动于衷，让那些人虫继续麻木不仁，毕竟他的心中燃烧着永久的怒火。成为人虫半年来，他的精神食粮也快被自己的怒火燃烧殆尽，然后极度的绝望感就从心底冒了出来。

刚来到人虫界时，他的精神食粮本来满满当当，都来自于他老爹那惊诧、羞愤的表情和苍白的怒吼，而这可能是他这辈子活到现在的最高成就，他觉得简直是一种旷世杰作。

林潇原和欢欢，他们两个挑了一个绝妙的日子去 S 市的 3F 商店签了约，他们穿上白色的人虫套装，成为了两只专门跑物流的人虫。那一天的下午，也是林潇原和林德曼家族的女儿玛利亚的婚礼，在一个古老的天主教堂内，他们将接触彼此的手环完成婚约，然后举行一场盛大的酒会。林潇原的老爹当然邀请了所有的那些显贵家族，他要向所有人宣布林氏家族和林德曼家族的结合，这本来会是又一个属于他的夜晚。

不过，林潇原亲手把它毁了。他和欢欢在他们的白色人虫紧身套装、背后聚合物硬壳外面套上了黑色的僧侣长袍，在所有人都等到不耐烦的最后时刻进入了举行仪式的教堂。

看见教堂的砂岩石柱廊、五彩的窗花，林潇原想起了小时候是经过洗礼的，当然他自己不可能想起洗礼的细节，这都是老爹告诉他的。他认为自己是一个过分随便的天主教徒，大约从十四岁起，他就找各种理由不再去教堂了。但是他并不质疑上帝、圣光和天使，事实上他非常肯定他们是存在的，因为他在这个世界切切实实地看见了魔鬼和黑暗的无处不在，而林潇原知道凡事应该都有其对立面，这是很自然的事情，就像既然有正数就会有负数，既然有阴极就会有阳极，既然有黑夜就会有白天，既然有低贱就会有高贵，既然有善人就会有恶人。按理说，对立面必须同时存在，否则他们所存在的这个人界一定会失去平衡而崩塌，按理说。

除非，除非他们所在的并非人界，而是地狱界。然而也没有关系，林潇原知道对立面的逻辑依然存在，正因为在地狱，所以他们可以憧憬天堂，这也是极其自然的事情才对。

话说回来，在成为人虫之前，他有一件很困扰、怎么也揣测不出的事情，作为一个教徒，他也一直害怕去想，那就是他的老爹和他一样，也出生在一个天主教家庭，对此老爹到底是怀着一种怎样的态度。小时候星期天上午做弥撒的时候，每次唱圣诗时，年幼的林潇原从未见过老爹张嘴，他只是深邃地望着被钉在十字架上受难的耶稣，林潇原都不确定老爹看到的是什么，老爹看到的到底是不是上帝之子，他看到的是自己的救赎还是自己的对立面？难道说，老爹那时正在一点一点地揭穿对面的弱点，所以才会变得如此强大。

此刻林潇原忽然想通了一点，如果对立面的逻辑是普适的，那么他如何知道，他所在的这个地狱，何尝对有些人来说不就是天堂？他们被撒旦施加的痛苦，难道不是来自于那些人的上帝所带来的福音？他越想越怕。

林潇原知道自己在他们的面前肯定不堪一击，但他只有这次掌握了主动权，并且还带来了一个助阵的天使，这让他的突袭几乎稳操胜券。欢欢挽着他的手走进教堂，她带着他勇往直前，即使经过老爹身边的时候，在他的魔力笼罩下林潇原的内心有了几分忌惮时，欢欢也没有松手，而是紧紧拽着他一路走到教堂尽头的耶稣像跟前。欢欢在老爹的气场下，似乎完全是免疫的，这让林潇原更确定了她的体内有着不同寻常的圣洁之光。他忽然明白了自己的一种宿命，那就是必须用生命去向往、保护这种光，因为这是一个还有人性的生命体，所应该做到的最自然的事情。

他们对面所有的人都注视着他们俩，那些显贵的人们，他们的脸上充满了疑惑的神情。林潇原看见本来主持婚礼的老主教，也看见了那个美丽的、落单的新娘玛利亚，他们无助的表情甚至让他这个复仇者感到一丝愧疚，他们都望着林潇原的老爹，可是他的老爹此刻却做不出任何指示，他的脸上甚至闪过惊诧和恐惧。"哦，亲爱的玛利亚，我并不认识你，如果你也是一个善良的女人，我更好的做法就是不来打扰你了，否则，请你就此放过我吧！"

紧张的气氛让教堂内的空气凝固起来，成了惨白的胶状体，笼罩在对面这些人的头顶。欢欢踏前一步，她的神情看上去很轻松，游刃有余。林潇原这才想起，这里不就是上帝的屋子嘛？所以这里是她的地盘！她脱去了套在外面的黑色长袍，露出了里面人虫洁白的紧身套装和身后的白壳。她居然用她充满力量的歌声开始圣咏，美丽的躯体在林潇原面前又发出了刺眼的白光。教堂后室预先准备的婚礼合唱团，他们不明情况地对应着欢欢的主咏开始群咏，就像条件反射似地开始了一首众赞歌，那是马丁·路德的圣诗《上主是我坚固保障》。她用德语咏唱了圣诗的第一段和第三段，与林潇原所熟悉的圣诗略有不同，她唱道：

"上主是我坚固保障，是最好的保护和武器。

他帮助我们驱散，我们此刻直面的所有危机。

古老凶恶的敌人啊，无论他如何强壮和狡猾，无论其手段有多残忍，

你在此地没有力量。

即使这个世界已充斥着恶魔，要把我们完全吞噬，

我们也不会充满恐惧，而相信自己终会成功。

地狱之子，他如何痛苦也罢，我们不会为之动容；

因为他已受到审判，我的真言将其俘获。"

林潇原的眼中饱含泪水，也踏上一步面对众人脱去了自己的黑色长袍，露出了白色的人虫套装，他的背后是白色的壳，它有一定的重量，他把它想象成是自己所背负罪孽的重量。他们两个重新往教堂的大门走去，林潇原看见有的人露出鄙夷的表情，有的人张大嘴巴，似乎惊愕得喘不过气来。老爹那始终戴在脸上的威严面具已经在欢欢的圣咏中破碎，露出了极度愤怒的表情，林潇原感觉不到他的霸道气场，他似乎在一瞬间变成了一个无力的老人。

"原原，回来！你这个援交的婊子蛊惑了他的心智，你会因此受到惩罚！"林潇原的老爹在他们背后嘶声怒吼，然而他的声音却如此苍白。林潇原知道自己彻底胜利了。

"你真是对你父亲开了个世纪玩笑啊，林潇原。"欢欢走出教堂后，把一只手搭在林潇原的肩上，她仍然一脸轻松，无所忌惮。

"这不是玩笑，我是认真的，今天是一场战争的宣誓。"他喃喃道。

"那么你接下来有何打算？这套该死的戏服是退不了货了，也许我们再也脱不下来了。"欢欢笑道。

"首先我得唤醒这些人虫，他们都被骗了，事实并不是他们所体会的那样。我必须停止这样的疯狂蔓延下去。"

自从林潇原许下这个诺言已经半年过去了，他从一个人虫据点跑到另一个人虫据点，向人虫们诉说着这个世界的运行规则，这些规则粉饰、巩固着经济奴役的事实，他要让人虫们明白真相，FFF 公司并非公正的施与者，而是规则的参与者，为自己争得权益是人们与生俱来的自由。可是他完全败给了渺小的现实，心里的怒火也变得越来越黯淡，特别是当他明白了他们中的许多人，并非看不见自己的命运所遭受的摆布，而是更愿意自我陶醉在 3F 构建的物质世界里，享受着卑微的满足，简直与虫蛆无异。这种麻木不仁，让林潇原很绝望。

欢欢一直在他的身边，他们两个几乎形影不离。有的人以为他们是情侣，有的人以为他们是兄妹，可是林潇原的心里很清楚，他们其实互为彼此的对立面，无论他如何向往她这边也好，她体内的光不是他体内的暗，他体内的恨也不是她体内的爱。林潇原明白了她那天晚上所说的，她是无法爱上他的，因为他们不是站在同一边的人。事实上，林潇原现在清楚了，很可能根本不会有人爱上他这样的人，因为他心中的仇恨无时无刻不在把身周所有的事物拉向地狱。

欢欢正相反，她的爱如同大海般无穷无尽，似乎对身周所有人具备强大的吸引力，无论男人和女人都会喜欢她。她似乎也在履行她所说的救渡苦难。比起林潇原的讲演，那些虫子似乎更愿意倾听欢欢的歌声，也许她的歌声还能触动到他们体内的萤火之光，如果还存在那样的光，哪怕是如此微弱。

林潇原以为自己快走到尽头的时候，遇见了一个人，就在那场他以为是自己最后的演讲结束时。他知道那些人虫其实是来听欢欢唱歌的，欢欢结束演唱后，在他诅咒这个世界的时候，根本已经没剩下几个人，大多人的眼中只有麻木和死寂。林潇原知道，这些人更大的兴趣是回去啃他赠送的人虫口粮，或躲在虫体的空气罩里交合。

他的演说结束时，面前只剩下了四个人虫和一条狗，坐在最前面的那个男人，他的眼睛炯炯有神，人虫套装上有蓝色的装饰色彩，他对林潇原友好地说道："你说得很好，我们也知道，人虫界的本质是这个地狱的延续，或者地狱的第二层，利用经济奴役和债务绑架，对人进行第二次收割。这是魔鬼的智慧，从已经榨干的人形空壳中可以诞生新的汁水，魔鬼在每个人虫的背后再插了第二根新的吸管。"

这是林潇原半年来所听见的，最接近他的经历，最让他感到真实的话，他能想象这些话也可以源于自己的口中。他心中永久燃烧的火焰又明亮起来，它们窜上心口，似乎眼睛也随之一亮。林潇原盯着这个男人看，男人的年纪应该比自己大多了，看上去三十多岁，脸上的五官长得很文雅，不过留着满脸的络腮胡，眼神看上去既心思缜密，又具备一些胆量。比起其他的人虫，男人看上去一点都没有虫性，而更像是一个仍然具备人性的普通人。男人的身边坐着一个年纪更大的白人大叔人虫，大叔的表情狂放不羁，似乎喝醉了酒，正对林潇原露出鄙夷的神色。男人的身后坐着一个年轻的女人和一个男孩，看他们的长相和神情，就知道是来自南方的战区，是经历过死亡的人。

"你的话只讲了一半，所以呢？怎么才能唤醒这些人？"林潇原问他。

"哈哈哈，唤醒，这些人能靠言语唤醒吗？他们把魔鬼的绑架和奴役理解成施与恩惠，把奴隶主视为解放者，把配戴的枷锁粉饰为自由的象征。看吧，3F 币已经与普通货币开启结算了，人虫会逐渐富裕起来，人虫界将会崛起，这才是他们所想象的真实，不是吗？"

林潇原沉默起来，思索着。

"实话告诉你，我也承认我之前的普通人生失败了，但我进入人虫界的目的，就是为了第二次积累财富的机会，然后再自由地离开人虫界。"男人一本正经地说着，抚摸着身边那条棕灰色的狗。

"什么？"林潇原不禁讶异地看着他，心里复杂透了："他看上去并不像是开玩笑，他的脸也不像是个愚蠢的人，难道是我从小习得的读颜术出了错？或者他是长了一张聪明脸的蠢货？"但同时他的心里禁不住充满了新奇，因为还从没有一个人虫对他说过这样的疯话。他不知道，这个人是天真，还是真疯，也许无所谓吧，至少对现在的他来说，疯狂也比麻木不仁要好得多。但话说回来，在林潇原看来这个男人的格局毕竟小了，他十分确定人虫界是没有出口的，至少没有善意的出口。林潇原是跟着那些魔鬼长大的，对他们的思维理解得更为透彻，他知道自己毕竟是属于他们那边的人啊。不管怎么样，他都觉得这个人真有意思。

"我和伙伴们刚开始合作，我们分工协作积累财富。我觉得我们也可以合作，林公子。"男人对林潇原颇含意味地笑了笑。

"你认识我？我们见过？"

"我以前算是个小有成就的投资掮客吧，怎么会不认识林氏资本的前总裁，你以前可算是个公众人物。我知道你现在想做什么，但光靠口舌是没有用处的。你需要给他们三样东西，饵食、出路和坐标，但即使这样，你能吸引很小一部分人已经很不错了。"

和男人四目相对，他们就像在做无声的交流，并且林潇原马上明白了这个投资掮客想要表达什么，他对这些人的思维了如指掌。饵食对应的是财富，意思是要让人虫对财富敏感起来，上积累财富这个钩。出路意味着另一种选择，也代表着自由，即使只是一种传闻，总之具有吸引力就好。坐标应该是指类似于榜样的概念，意即他们中间也许要有人做出先例，成为引领人虫的先导，进而指明出路。结合这三种工具，去为某些人虫灌输类似于人生目标的理念，他知道这其实和魔鬼对人的灌输方式异曲同工，并非多了不起的东西。

林潇原深沉地向男人点了点头，并向这个疯子伸出手："谢谢指点，我真名是林潇原，我身后的伙伴是欢欢。"

疯子男人与他握了握手说道："谢谢你们加入我们的队伍，我叫罗杰，他是老杰克，我身后的姐弟是来自南方的米灰和胖胖。"

他们四人离开林潇原演讲的酒馆后，一直在他后面的欢欢来到他的身边，她笑着对林潇原说："我很中意这个人，他和你不一样，我想我要献给他我的爱。"

"为什么，因为他充满了人性？"林潇原问她。

"因为他充满了人性。"

"看来，今天不是我的尽头，也许正因为这个疯子，我还要和魔鬼做一个最后的交易。"他回过头默默地低语。

5. 兰博基尼

"张先生您看，我们的投资策略当初您是非常认可的，不能因为一个公司撤资，您就……"

"……"

"是啊，这个行业……是是……张先生您说的确实没错。但现在各行各业谁不难啊，我们不像您是上市公司，家大业大，像我们这种咨询公司，我这种小老板，每个月只能干等着，等着您的合同款给员工发工资啊……"

"……"

"张先生，我们也是签过合同的，您要的策略包我们也精心完成了，就算这个投资做不起来，咨询费按合同也是要算给我们啊，现在连首款都没打来。如果大家都不履行合同，那这个行业……张先生，您这样说话，我们可要发律师函了啊。"

“……”

“您无论如何今天也打些款给到我们吧，务必，拜托啦，合作那么多年，算我求您啦！”

“……”

“唉，好，今天务必付首款，尾款可以再等最后一个月，好吧，我等您消息。”

“简直流氓！”老蓝爆了粗口放下手环结束了通话，心情也像沉入一片燃尽的死灰。好一会儿他才抬起头来，却被小黄炙热的目光吓了一大跳，小黄缩在外间角落那张办公桌上的电脑后面，两只大眼睛发出炯炯的光。

“你干嘛？眼睛睁那么大想说啥！”老蓝对外面的小黄吼道，心里老大不耐烦。

这两年，Ｓ市的金融机构和投资策略公司倒的倒，拖欠合同款的拖欠，老蓝的公司这两年的咨询项目，到款率都极低。公司的账户余额早就耗尽，就算背上好几个银行的贷款，他这个老板还是半年发不出工资，现在已经没人可以发工资了，除了小黄。原先鼎盛时期的五十几号人，走得只剩下刚工作两年的女硕士小黄一人。

“老板，我们一年没交法律保护保险了，发律师函的话，请不起律师吧。”

“还要你来提醒我！我催款的时候就说说而已！”

老蓝本来雇佣小黄这女孩子，就是看中她的纯真实在，在这个行业中简直如获珍宝。

“刚才房东又来催租，说已经破例拖了半年的房租，这是看在十年的老租户的面子上。今天下班前再不打款，明天他们就要停我们水电。"小黄这孩子人瘦小，声音却很宏亮，而且普通话标准，口齿清晰，不愧是硕士。

"好好好，我知道了！"老蓝一边回应一边心想："你这孩子为啥就不肯走呢！快走人啊！做啥去不好，偏要跟着我这个已经五十岁的破产老板！"

她瘦小的身形每天隐在外面大间办公室的角落里，老蓝有时都已经忘记了她的存在，可是那炙热的眼神！那对无比真挚的眼神像两个索命光环一样套在老蓝的头颈上，越收越紧！

老蓝知道小黄已经几个月没像样的活干了，整天跑腿打杂，买买厕纸、定定外卖，按他的指示忽悠忽悠银行和房东的催款。他不知道这个年轻女孩到底是木头做的心眼，还是前世就是自己的忠犬，她这几个月到底是怀着什么心情熬过来的。她不走，难不成是她爱上了自己这个大叔？

老蓝感到自己头皮麻了，心里乱得发毛，转头不再看小黄。

他又望着窗外夕阳西照的景致，下面的这条商业街上，一切看上去都很豪华高级，精致的粉色花岗岩铺装、实木不锈钢的休憩椅子、时尚的咖啡馆内油头粉面的西装客。而他，他是这栋富丽堂皇的办公楼二楼一家投资策略公司的老板。老蓝看见夕阳照在自己办公室的地板上，不禁要赞叹一下他这贵重的实木复合地板，它的纹路是多么美妙！他喝了一口廉价的白兰地，却因为最近颇困扰他的嗅觉失灵，根本闻不见酒的香味。他狠狠地长舒一口气，可是呼不出胸中淤塞已久的那股烦恶，脑中幻想自己呼出的是一团铁锈味浓重的暗沉血雾。

窗外走过一个穿着红色风衣的女郎，女郎赤裸的腿又长又好看，堪称惊艳。那件风衣的领口真低，老蓝甚至能看见里面的黑色内衣蕾丝边和她深邃的优美曲线。女郎突然停下匆匆的脚步，开始观赏街边停着的一辆火红的兰博基尼。兰博基尼在夕阳的照耀下，兀自把周围都充斥了它的气场，它俨然已经成为一头活物，猎获了女郎的目光。而老蓝却定定地盯上了红衣女郎的丰臀。

"可惜那辆兰博基尼并不是我的。"他想。

老蓝感觉自己肯定是得了病，一种精神上的毛病，这让他的荷尔蒙有些紊乱起来。他不知道自己是怎么了，在这股烦躁厌恶的情绪中，胸口居然还激射出一股无比强烈的情欲。他有一种冲动，现在就想冲出去，与那个美艳的红衣女郎搭讪看看。不管怎么说，几年以前，公司运作得还得体，他也曾经是风流过的，身上还有一套剪裁合身的顶级西装，虽然它的气场不如那辆闪耀着光辉的兰博基尼，而且西装还算不上是活物，最多算借壳上市招摇撞骗的道具。

哦不，也许这一秒的他更想变成一只猥琐又执著的苍蝇。他的眼睛变成一对复眼，而每个小眼里都满满地装着一对圆润美丽的臀，于是复眼中反射出成千上万的臀。他飞向她们用六条腿站稳，他的口器长久地叮在女郎的臀上，臀如何摆动也罢，总之它再也无法把老蓝抖落下来，他就这样与臀融为了一体。

"叮！"

就在这时，老蓝的手环上一声脆响惊到了他，手环打出的全息影像显示公司账户到账 14777，付款方是张先生的公司。几个月间他打了几十通电话，三百多万的合同，到今天为止就打了这 14777，而且，这是什么奇怪的数额！是在骂人吗？

"小黄，我刚给你汇了一万二，加上这个月的，还欠你半年的工资。"

老蓝打完款走到外间，站在小黄面前用一种老板的声音说话。

"老……"小黄欲言又止。

"小黄，下班吧，明天停水停电，你不用来上班了。"他还是用一种老板的声音说话，才不管小黄要讲什么。

"老板，你是要开除我了吗？"小黄的眼圈红了，瘦小的身躯一下子缩在转椅里面，她那双很修长的手还按在键盘上，感觉像马上要弹奏个悲伤的钢琴曲似的。她的这副可怜相，又让老蓝想到水族馆大鱼缸角落里的一只小小的寄居蟹。

"我就是要开除你！难道你看不出来我已经完全破产了吗！"老蓝烦躁地想。

"你在家等我通知，我没通知你就不用来上班，懂了吗？"老蓝不知为何自己在她面前降低了老板声音的音量。

"哦，是停薪留职吗？"小黄的眼泪留了下来，声音好比蚊子。

"是是是，就是停薪留职！快走吧！年轻人，你自由啦！走吧！去购物，去玩，去谈场恋爱！总之快走吧！"

老蓝用双手抓着小黄的两个肩膀，把她从转椅里面拉起来，再把她那个脏兮兮的绿色卡车皮再生材料斜背包塞在她手里。她用她那双巨大又真挚的眼睛看着老蓝，眼眶里还全是泪水。老蓝感到她的肩膀都是骨头，整个人好轻巧，十分顺从地被他拎了起来。他感觉自己拎起的是卖火柴的小女孩，并且抢走了这个女孩手里最后的那把火柴。

"老板再见！"小黄擦干眼泪，如同每天下班那样与老板道别，总算是推开了公司大门走了。

"终于一个人都不剩了。"老蓝喃喃自语，一屁股坐在了小黄的转椅上，马上喘着粗气。

　　他的鼻息凝重又急促，不是因为如释重负，而其实是在用鼻子拼命嗅探。他的胸部快速起伏着，不惜做到伤害自己的程度，无论怎么做，只要能闻见小黄身上的味道，或者无论什么气味也好。小黄的位置上应该充斥着她身上那股淡淡的香味，对现在的他来说，那种香味仿佛应该是这个世界上最真实最安全的东西，是错不了的记忆，他想小黄不愧是学金融和法律的硕士，甚至她洗衣液的香味也是有些格调的。但现在的老蓝，他觉得自己再也抓不住那种味道，那种真实的感觉了。他已经忘记不知从何时起，自己就忽然失去了嗅觉，他本来引以为傲的天生灵敏的嗅觉，足以分辨各种气味本原的能力。也许是因为自己的压力太大吧，也许人在极度的窘迫中就会这样吧，人大脑皮质层的活动原本就是那么难以捉摸，老蓝想象着那种香味，他的思绪越飘越远。

6. 埃及艳后

"滋滋滋，滋滋滋滋。"

一身冷汗惊醒，老蓝的脑袋中一片空白，不知自己身在何处。他把右手举起来，尽量伸向远处，看见手环在黑暗和混沌中一边震动一边闪着绿光。他挥舞着右手，想用这绿光驱散眼前的黑暗和混沌，可是没有用处，只有这绿光让他逐渐又想起了一些事情。他不用看手环也知道是他前妻律师的音频呼叫，这又让他后背沾了冷汗的汗毛都竖了起来，刺激得他直打冷战。

"不应该啊，这一切不应该啊，我不是已经解决了所有问题吗？"他的两眼空洞，毫无意识地喃喃自语。

物业似乎已经关掉了他公司的中央空调，秋天的夜晚有些寒。老蓝把手环调为勿打扰，不理它，撸了把脸他才发现自己居然坐在小黄的转椅里，趴在小黄的桌子上睡着了。但在黑暗中，他还是闻不见小黄身上的那股淡淡的香味。

他看了下手环上的时间，正好是晚上九点整，有些难以置信自己不知不觉已经睡了三个多小时，嘴角和面前的桌子上沾满了自己的口水。他把脸伸向小黄办公桌上的小镜子前，去看下自己的脸，昏暗中一团模糊，根本什么都看不清楚，只觉眼前是个睡眼惺忪、眼圈发黑的大叔，他还是那个曾经风光过的自己吗？他感到甚至忘记了自己以前的样子。

他知道前妻的律师要干嘛，他已经又欠了前妻和女儿三个月的赡养费，这个律师也是和许多人一样来催款了。只要老蓝一拖欠，他们就不让他去看自己的女儿。

不管律师怎么催，现在把老蓝整个人的汁榨干也是肯定付不出来了，加上这个月，马上他就要欠她们四个月了，这可是一大笔钱。之前他卖掉了自己的那辆老奔驰车，也只够凑了四个多月的赡养费而已。老蓝觉得自己必须赞赏一下他前妻的律师，这个律师的工作做得很专业很彻底，他充分掌握了老蓝在外面的每一件风流韵事，在法官面前如数家珍一件都没落下，为前妻和女儿谈下了很高额的赡养费。不过，那个时候老蓝还付得起。

当然，他以前有闲钱的时候，的确在外面与一些女人勾搭上了。他也不避讳，甚至在离婚大战时仍然如此。他认为自己还是绅士的，有时候只是和陌生女人一起派对玩一玩，喝点酒，抽点这个，吸点那个，聊一聊不会和家中妻女说的话题，让心里松弛一下。况且，也根本不是每次都涉及到性。当然，他绝对不和同事或者行业内的女人有染。

不过，这个律师就很厉害了，他站在道德的制高点在法庭上谈责任心，也很懂得利用一些证据作为筹码。并且他在把握催款的时机上，称得上是个心理分析师甚至艺术家。他懂得心理战的技巧，不像别人在白天上班时间来催款，而把安静的夜晚留给老蓝喘息一下。他不是，他永远是在晚上九点之后打来催款音频，发来催款信息，或者把法院的传单发在老蓝的手环上。

老蓝琢磨过，他不知道这个律师为何知道，他在家的时候是十一点上床睡觉的。所以在九点后催一下，就让老蓝在上床前有了比较微妙的一段时间，不长也不短，但能让他时不时地记起自己还有一堆烂事，在睡觉之前还像着火一般追在他的屁股后面烧他。于是上了床之后，这大大增加了老蓝失眠的几率，他焦虑睡不好，还得多花钱去买酒喝，而如今只喝得起最劣质的白兰地。

创业当老板十多年，老蓝看着自己居然又喝上了穷酸的劣酒，并且由于失去的嗅觉，他只能想象酒应该是什么气味。他觉得自己也算辛辛苦苦，到底是在图什么？他有些气愤，生自己的气，他想喝些好酒去，也许能让他好受些。

来到商业街的后街，这里真是热闹，现在正是这些穿西装的金融人士出没的夜晚社交休闲时间。老蓝一看自己，哈，自己不也正好穿着一套西装嘛，还是顶级裁缝的手艺。他走入以前常去的一家酒吧，这家酒吧的霓虹灯上闪烁着红绿鲜明的图案：一杯鸡尾酒和一只龙虾。除了好酒，他们还卖非常美味新鲜的龙虾料理。

"你好啊，好久不见。"

他刚在吧台边坐下，就听见一个明亮清莹的女声叫他。

女声与背景的电子音乐搭配得如此协调好听，老蓝几乎怀疑这是电子乐混音的一部分。他转过头去，才发现也许是多年前勾搭过的一个女孩，女孩已经变成了一个成熟的女人，但老蓝还认得她。她似乎应该是叫赛琳，老蓝不记得是多少年前了，女孩和自己睡过吗？他忘了，只记得她是个爵士乐歌手，也曾在这家酒吧表演，她的歌声十分动听，这是个有真正才艺的女人，是老蓝喜欢的类型。

"嗨，你好吗？你在喝什么呀？"老蓝瞄了一眼女人面前的长脚玻璃酒杯里闪着金色光芒的饮料，那金色的光似乎正冲他散发出醇厚的酒香。老蓝又看了看她，她的侧脸很美很精致，也很有高贵的气质。

"埃及艳后。"她侧过头来回答，一边微笑着，她笑起来嘴唇有点歪歪的，很可爱。

"那是什么？"老蓝笑着问道。

"嗯，好像是瑞典的一种葡萄冰酒吧，加冰气泡水还不错。"她笑得更妩媚了。

"你一个人吗？"老蓝的心里一荡，整个人凑了过去，拉开吧台椅坐在她的身边。老蓝悄悄嗅了嗅，虽然什么都没有闻见，但他却惊讶于自己能十分肯定，她身上的香水是薰衣草加上陈皮的香味。

她点点头，"是啊，今天是 11 月 30 日我休息嘛，这一天我都会来这个酒吧喝酒。你不记得了对吧。"

老蓝确实忘记了。为什么 11 月 30 日她就该休息？是她的生日吗？不对，是生日的话可能会一个人独饮吗？或者是她某个重要人的忌日？不管了，无关紧要，女人有时候就会莫名其妙的神神叨叨。

"布鲁斯，给我一杯和她一样的冰酒，再给我一片啤酒面包，涂上黄油沙司的龙虾色拉，加少许鲟鱼籽，再给我一小瓶白胡椒。"老蓝对吧台后的酒保微笑着说道。

"哦哦，有人今天要款待一下自己。"

她按了一下老蓝的左臂说道，并且甜蜜地对他微笑着。虽然老蓝很久没有什么夜生活，但他还明白这是一个亲密的动作，等一下，眼前的这个女人到底是不是叫赛琳，难不成是叫琳达？如果叫错名字的话，气氛就会一下子有点尴尬了。

"给这位女士也上一份和我一样的小吃。"他对酒保点点头。

"你不是已经有家人了吗？怎么不回家，一个人出来喝酒解闷？"她说话的时候眉毛颤了一下，而且她并未拒绝老蓝邀请的小吃。

老蓝瞥了一眼自己放在吧台上的左手无名指，早就没有了戒指的地方，却留下了一圈印痕，印痕上的皮肤比周围明显更苍白。老蓝猜测她是在明知故问，不过对于今天晚上来说，这绝对是个好兆头。

"我两年多前就离婚啦。"

是的，两年多前，他心里一直叹服前妻敏锐的嗅觉，也就是在两年前，他的公司刚刚出现下行的迹象，然后才一路坠落。

"Oh, sorry！"她的表情显得很抱歉。

"啊，这没什么好抱歉的，很多事情无需强求嘛，家庭也一样。现在这样对大家反而都更好。"老蓝知道自己说着冠冕堂皇的话，假装自己脸上的笑从容不迫。

"对，无需强求，不过我们还是经常会输给自己的执念啊，特别是当你深爱上一个人，想要拯救一个人的时候更是如此。"她脸上的表情一下子复杂起来。

老蓝思索着，不知道是哪个男人让她如此失落。冰酒和小吃都端了上来。

他和她碰了碰酒杯，喝了一口冰酒，老蓝无法确定酒是否香醇，但他能体会这酒的甜味有深度，气泡也在舌头两侧顽皮地挑逗着味蕾。老蓝马上意识到自己胃袋空空，是真的饿了。他拿起装着白胡椒的小研磨瓶，在自己面包片的龙虾色拉上撒上几颗白胡椒，马上张大嘴咬了满满一口，慢慢咀嚼。

"嗯－嗯！"漂亮女人也在一边品尝起涂着黄油沙司龙虾色拉和鲟鱼籽的啤酒面包片，显得很是满足。

没错，他仍然闻不见，失去了嗅觉后，味觉也变得时隐时现、虚无缥缈起来，只能靠着想象力来吃它的全部味道："主角的龙虾很新鲜，肉质半生半熟，因为烹饪得恰到好处，所以既能吃到鲜甜味，又能享受龙虾肉的嚼劲，不会像许多店里的龙虾那样松松散散的没有什么存在感。咸鲜的鲟鱼籽并非金色鱼籽的那种高级货，但有种独特浓稠的香味和口感，是激发味蕾敏感度和唾液分泌的配角。啤酒面包用的是啤酒和天然酵母发酵，烘托出很扎实的麦香味，这作为背景刚刚好。"

记忆中这个味道是有旋律的，就像精心组织的词句、谱写的乐曲。它曾是老蓝熟悉的味道，仿佛已经带着他穿越到了数年前，带他到那些得意洋洋、纸醉金迷的夜生活里面。老蓝有些怀念它，它散发出年轻鲜活的气息。想象中的味道带着他一路前行，很快到达了最早清晰记忆的尽头。

再往前面，那些十几年前的事情，则变得非常模糊。"不过这难道不是一个五十岁的男人正常的体验吗？这难道不是脑袋里自然的新陈代谢吗？不忘记以前的事情，我们要如何继续前行？"老蓝会这样想。

在这一点上，他的前妻很不认同，她在法庭上抓住了老蓝的把柄，并指责说老蓝这个人不仅不坦诚，甚至很病态。因为老蓝从来不和她分享自己的记忆，也从未介绍给她自己的朋友，或者，更可怕的结论是，老蓝这个人其实根本没有朋友。当然老蓝觉得有些委屈，也很无力，也许这的确是他无法推卸的问题。他当然记得自己死去的父母，也知道自己在什么地方念过书，身边都有过谁，在哪里工作过，生活过。

但他的确和所有人没有保持联系，没有人能在他的前妻面前证明他曾经的任何经历，这也让他在法庭上吃尽了苦头。一问起十几年以前的事情，连法官和老蓝自己的律师都觉得眼前的这个人不诚实。

事实上，在创业之前过的日子，喜欢的东西和人，老蓝都不太记得了。他只能感受到一种苦涩和绝望，但在这其中又蕴含着铁一般坚硬冷酷的真实，甚至比他现在能看见的、听见的、摸到的和所有经历的，更贴近自己的灵魂深处。也许他的大脑是自己选择了失忆，去忘却那些难以咽下的东西也说不定，他承认问题的源头是出在自己的身上。

老蓝觉得眼前是个有品位的女人，女人和他一样一言不发地吃完了龙虾面包。她并且双手合十，对着空的小吃瓷盘拜了一拜，以示感恩。老蓝不知为何也跟着她照做。

"真好吃！谢谢你今天又一次救了我！"她挽起了老蓝的左臂，右手恰巧按在老蓝的肱二头肌上。

老蓝幻想自己的肱二头肌又大块又结实，他现在觉得毕竟五十岁还是很年轻的。

"为什么是我救了你呢？还是又一次？你是挨饿又无家可归的小猫吗？"借着酒劲，他的语言轻飘起来。

女人的瞳神里居然闪过一瞬极度的悲凉，又似乎想要启示什么："对呀，我就是你不小心丢了的小猫啊。而且没有人想在今天这样的日子里一个人喝闷酒吧！"

看着她浅棕色的眼珠，漂亮的眼睛和有些熟悉的眼神，老蓝笑着点点头，"彼此彼此，我也谢谢你"。

"你还在经营你的公司吗？开在前面金融商业街办公楼上的投资策略公司？"女人用纸巾擦擦嘴问他。

　　"哦，我已经不开公司了。"老蓝把剩下的半杯埃及艳后一饮而尽，对着酒保说："酒加一轮。"

7. 余额不足

"不开公司了，那你现在做什么呢？"漂亮女人睁大眼睛问老蓝。

老蓝本以为像她这样有品位的女人会非常知趣，不会再追问他什么而就此打住。在这个不景气的年代，创业和投资已如洪水猛兽，人们稍微刨根问底就极易触及别人那尴尬痛处。不过老蓝转念一想，他早就已经破产，今晚也许是最后的放纵，眼前的这个女人也并非熟人，为何还要遮遮掩掩，是因为自己身上还穿着的西装吗？

"我现在什么都不干。"他喝完了杯中的酒。

"哈？那你的生活费怎么办？有什么打算吗？"漂亮女人的眼神中有关切。

老蓝本就有些豁出去了，却没想到这女人如此奇特，居然笔直地一路追问下去，他的心里顿时乱了方寸，忽然冒出让自己震惊的话来："哈哈哈，没什么打算！要说打算，也许去当人虫吧！许多人都去了，听说现在收入待遇都提高了，人数也饱和了，不像以前想去就去，还需要有些关系或熟人。许多人歧视人虫，认为他们放弃了人性和尊严，其实有什么不好，衣食住行都不愁，自由自在，浪迹天涯！你怎么看？"他尽可能爽朗地笑道，心中充满了苦涩的真实感。他想他此刻已经做好了决定，他要追寻这种真实的苦涩而去。

女人惊讶地看着老蓝的眼睛，忽然狂笑起来，最后笑得低下头去，双手捂住了肚子，直不起身来，"亲爱的……你知道吗？甚至……甚至上帝都无法改变过去，那些已经发生过的事情，不管你的心中……有多困扰和痛苦，命运如何摧毁你，而你又……向上天问多少次为什么，最终人……人总要知道自己曾经是谁，现在是谁，最重要的是以后还会爱谁。"她好不容易控制住自己的情绪和呼吸，勉强地说了出来。

老蓝完全不明白她在说什么，但她的声音非常好听，充满了安全感，且碰触到他心中还剩下的某处亮光。他忽然没来由地心疼这个女人，他抱着她的肩把她扶起来，已经不知道她到底是在狂笑还是在痛哭，他很自然地擦掉女人脸上笑出的泪花，然后继续和她有一搭没一搭地聊着天，酒保又给他们添了两轮酒。

"嗨，你想离开这里吗？"老蓝不由地凑近她美丽的脸颊，想象着她香水的味道，他今晚十分想要她。

"好啊。"她爽快地回答。

老蓝按了吧台边缘的结账小触屏，并用右手腕的手环碰触屏幕边的支付感应点，手环却闪出了红光，他赶紧用左手遮挡，幸好漂亮女人没有看见。手环打出全息影像的小字："错误！应付 2923，您的余额不足！"

"混账啊，今天是 30 号，银行扣掉了上两个月的信用预支！"老蓝想了起来，心里默骂。

"怎么了？有什么不对吗？我们来拆单吧。"女人侧头问老蓝。

"没有，马上就好。"

在窘迫中，他心念闪动，立刻把公司账面上仅剩的 2777 挪到了自己的私人户头，付掉了酒吧的账单。他擦掉头上微微渗出的汗珠，心中给自己安慰鼓劲："今晚是最后的放纵，管他日后税务师怎么说！"

漂亮女人披上黑色的上衣，露出修长洁白的双腿，脚上蹬着银色闪亮的高跟鞋，显得很高挑优美。她紧紧勾着老蓝的臂膀，跟他走出了酒吧。开门走到外面的一瞬，老蓝有种强烈的既视感，就像回到了记忆的梦境里。身边的这个女人，忽然给他一种可以依赖和依靠的错觉，他不禁又侧头看了一眼她美丽精致的侧脸。

"去哪儿？还去你以前那个超高层的空中工作室吗？我很喜欢那个地方。"她浅棕色的瞳神中闪出莹润的亮光，用自问自答的方式提示着老蓝。

这是个多么直率又善解人意的女人啊！她已经得到了老蓝心中最高级别的赞美。

可是，他在六年前就没有再租用那个超高层的私人工作室了。那个在这个 S 市有名的奢华空中工作室，他只在创业成功后租用过两年，虽然他自己也很喜欢那个地方，但是开销实在巨大。说是工作室，其实他在那里工作的时间并不多，大部分的功能，是作为让女客倾心的强力道具，他认为比火红的兰博基尼更高级，她们无一例外地立即卸下伪装，心甘情愿地投入他的怀抱。而这简单得让老蓝甚至有些看不起自己。

回忆的同时，他的心中也猛地惊觉，迅速地盘算起来："这样看来，她曾经去过我以前的那个空中工作室，七年前？八年前？那么，我们肯定在一起睡过。可是她到底叫赛琳，还是琳达？"

"那个工作室我早就不租了。"老蓝回答她。

"那就去你家吧，最早的时候，你不是带我去过。"她回答得直爽大方，十分认真地观察着老蓝的眼睛。

老蓝心里一惊，随即默想："她在说什么？绝对不可能的，我即使在外面风流不羁到了极致，也不至于疯狂到把女人带回以前的家去。就算当初我前妻不在家，我也不会蠢到干这种傻事。难道这个莫名其妙、有些特别的女人在试探我？可是我却忘了她的名字。"

他又想了想自己现在的住处，的确是有些太怪异了，而且邋遢得自己心里都有点发毛。如果去公司，那里已经停了中央空调，说不定也已经停水停电，会又黑又冷，况且那里连个床和冲澡的地方都没有。他犹豫地说："你记错了吧，我那里今天不太方便，要不 …… 还是去你那边吧。"

"我那里今天也不方便。"女人仍然回答得很直爽，但瞳神里的亮光熄灭了。

"那 …… 要不 ……"老蓝有些犹豫是不是要邀请她去附近的便利酒店，大多有品味的女人都会嫌便利酒店脏。

"要不还是改天吧，你有我的手环通讯号码。"女人的双手松开了老蓝的臂膀，正对着老蓝站在了他的对面。老蓝在她的瞳神里读不到任何信息，她似乎用什么力量把自己的心事包裹了起来。

老蓝犹豫了一下，按说现在应该再见，就此别过。但此时他的心中，却对她产生了一种莫名的执着，他有些尴尬地说："保险起见，我们再碰下手环吧。"老蓝很想再见到她，但实在不确定她的名字。他伸出右腕让自己的手环碰触她右腕上的白色手环。他们的手环同时都闪出粉色的光芒，这表示彼此是已经保存过的联系人。

"你看吧，你早就存过我的。哈，不会吧，你不会刚才和我聊了那么久，其实又忘了我是谁吧！唉，也罢，多保重，再见了！"女人有些失望的脸上，又加上了一层悲哀。她随即转身走了，很快消失在街角。

老蓝的心中充满愧疚，看着闪出粉色光的手环射出的全息影像小字，原来她既不是赛琳也不是琳达，她叫阿琳！多么爽快又美丽的名字啊！阿琳，他好像想起来了，他们似乎有过一个美妙而浪漫的夜晚，也许在那个空中工作室，他的心中有过她美丽的脸庞和浅棕色的眼睛，有一些如梦似幻的记忆碎片在老蓝的头颅里漂浮起来。"但看来我们以后再也不会相见了吧！"老蓝的心中不免很惋惜，很不甘。

他想往前走，忽然觉得自己伤心透了，胸口很痛，呼吸很难。他的头脑一晕，也许是喝了好多酒，两眼一黑，昏昏沉沉地蹲在了地上。

"哎呀呀，怎么了？今晚 bad luck？"一旁传来一个成熟有磁性的女声。

老蓝并不确定她是否指的是自己，起身转头一看，竟然就是下午在办公室看见的那个女人，在火红的兰博基尼前驻足的红色风衣女郎。奇怪，这样一个高挑醒目的女人，刚才自己和阿琳走出酒吧的时候为何没有看见。现在她竟向自己走了过来，一切都是那么虚幻飘渺，她红色的风衣随风舞动，如同一团欲望的火焰飘忽不定，老蓝盯着她赤裸的长腿，它们在冷风中显现勾魂的红晕。他的胸口又呛出那股剧烈的情欲，也许这是红衣女郎自带气场的属性，她对男人特有的钩子。

"你刚才不会是忘记那个女孩的名字了吧，那么好的一个大美人儿，可惜啊可惜。没关系，糊涂的先生啊，你今晚不必记住我的名字。"

她走到老蓝身边，用左手拉起了他的右手，开始向前走。而老蓝不知不觉地跟着她走，他好像醉给了那几杯埃及艳后。

"这个女人一直在观察我吧，从什么时候开始的？从酒吧里面？而且她观察得很仔细，细致入微。"老蓝心想。

女郎走在老蓝旁边面对着他，老蓝看清了她的容颜，她的容貌是美艳的，身材的确也很撩人，但面部的肌肤干燥又粗糙。老蓝懂，她应该是在黑暗中出动的那类人，而且看上去是精通解读欲望的那类人。比起阿琳精致的长相和面庞，这个女人完全不能近观。

"今晚我跟你走呗。"红衣女郎走到老蓝面前拥抱他，在他耳边轻声耳语。

老蓝沉默地点点头，说不出话来。胸口汹涌的欲望，今晚正霸道地牵着他走。

"小费。"女郎挽起老蓝的右腕，用自己的手环靠近他的手环，微笑地注视着他。

用昏昏沉沉的脑袋努力思考着，老蓝的直觉告诉自己，他已经没有多少钱了，但还是把手环迎了上去，心里默想："还剩多少都拿走吧。"奇怪的是，红衣女郎似乎并未在意他的钱够不够，好像还在他的脸上湿润地亲了一大口，对此老蓝非常迷惑。

"去前面的便利酒店吧，我知道你家里不方便。"女郎对他眨着眼睛笑。

老蓝恍惚着，他还是嗅不到任何气味，但十分确定她嘴里充斥着香烟味，他不喜欢抽烟的气息，但是整个人都麻木了，只是任凭红衣女郎牵着他的手向前走。他只知道那个便利酒店很近，只拐了两个街角就到了，门口架着个很大的霓虹灯广告："立即入住享特惠，仅

800/ 晚"。

他糊里糊涂地走向酒店大门，也不清楚自己是模糊地看见，还是脑中在幻想，他觉得酒店门口巴士站上刚开走的那辆巴士上，一个靠窗的位置上坐着阿琳，她穿着黑色的衣服，精致的五官，美丽的大眼睛不太有神，但她应该是看见了，用一种麻木的眼神看见，被这个红衣女郎俘获后牵着往便利酒店走的自己。老蓝渗出满头的汗珠，无地自容。

"要一间房。"老蓝在红衣女郎气场的控制中来到酒店前台，机械地向前台的年轻女人抛出了这句话。事实上，他不太确定是自己说出了这句话，还是红衣女说的。

"请用手环做预授权。"年轻女人也机械地抛出一句话。

老蓝的手环上又冒出了红色的光芒。

"先生，您的余额不足，您手环上只有809，预授权需要1000。"

"不是每晚只要800吗？"语气有点急，他仍然不确定是自己说了这句话，还是红衣女说的。

"没错，每晚800，押金200，需要做预授权，押金只是用来做担保，万一房内设施有损坏，我们这里的便利酒店都是这样。"年轻女人口气不变，像个机器人。

老蓝觉得红衣女郎盯着自己的侧脸看，他的脸被她盯得有点火辣辣的。一阵尴尬的沉默后，年轻女人首先开了口："先生，要不这样吧，您出门右手边200米，有一个现金的取款机。您可以取800现金，当即支付给我，今晚就能入住了。"

"好吧，稍等。"老蓝匆匆地走出酒店大门。

那个古旧破损的取款机上的漆已经差不多掉光了，它悠然地吐出一堆纸。老蓝好像已经有好多年没有见过现金的样子了，都不太确定这堆花花绿绿的纸是不是真的钱，是不是真的能够用来支付。

重新回到酒店前台，老蓝把这堆花花绿绿的纸给了那个前台年轻女人，她又把这堆纸给了旁边的一个年轻男人。年轻男人把这些纸分类放入一个绿色的生锈铁盒，然后就走出了酒店。

"您的房间在 305，先生，请用您的手环打开房门。"

"刚才这里那位女士呢？"他环顾四周，猛地发现红衣女郎不见了。

"啊？谁？"

一阵眩晕麻木后，老蓝似乎明白了，这个滑头的女骗子。

"房间现在可以退吗？"他慢慢冷静了下来。

"先生，800 是我们最低的特惠价，谢绝改退签，外面广告牌下面的小字写得很明白的。您现在可以上楼休息了，房间可以使用到明天中午一点退房。"

"我不需要这个房间了。"老蓝说。

"我们没有办法，先生，酒店规矩。我也从没碰到过像你这样奇怪的人，刚开完房又要退的，对不起。"年轻女人的语气有些轻蔑、粗鲁，态度也很坚决。

他走出酒店大门，并没有多难受，反而松了一大口气。没有了红衣女郎的气场，他的心里一片安详宁静，之前淤塞于胸口的欲望也烟消云散。他走下酒店门口的台阶，正准备回家，忽然又听见身后带有魔性的女人声音。这声音就像在老蓝的耳边低语，又飘散在这恍惚的夜色里。

"这下钱都折腾完了吧。"红衣女人正站在酒店那块大广告牌后面抽着烟，并且冷冷地盯着他的眼睛。

"什么？"老蓝望见红衣女郎黑色的眼珠，那黑暗的诱惑力让他心口的欲望重新燃起。

"你不觉得，人的一生只是由非常有限的选择题来完成的吗？"红衣女郎的瞳神中闪出亮光，一下子吸引了老蓝的所有心智，女郎妩媚地一笑，把吸完的烟头随意地扔在一边。

"什么意思？"老蓝觉得夜风吹过，背后凉飕飕的。他使劲地嗅探着，可是闻不见任何香烟的味道。

"比方说刚才，你是怎么以为的？如何选择的？让我给你打个比方吧，记住只是个比方而已，因为即使我说的是真话，话到你这里也只会变成一个在现实中需要判断的声音，每个人都秉持着自己主观认定的真实和正确，并对别人的话语做出不可能全面的释义。比方说，刚才我也许只是出来吸一根烟而已。如果你在酒店前台能多等两分钟的话，我们应该会有一个十分美妙的夜晚。但是，你选择的是不信任我，你刚才宁愿相信我是你的对立面，不是吗？现在我对你已经没有任何兴趣，而你的钱只能白白浪费。"红衣女郎边说，边走到老蓝面前。

老蓝愣在冷风里，还来不及体味这些话，只能低头不语。

"很巧，今天对我来说也是一个很有意义的日子，让我发个善心，再给你一个诚恳的建议吧。我知道你的现金余额只剩下 9 个单位的本地货币，刚好够买一张交通工具的天票，在 24 小时之内，你还能在这个城市随意移动。"红衣女郎说着从自己的风衣内袋中掏出一张类似于扑克牌的卡片，并拿起老蓝的右手，把这张牌扣在老蓝的手心里，"给你一个新的选择题，这张携带电子信息的卡牌也只有 24 小时的效用，你可以坐交通工具去本市的 3F 商店，有了我的这张牌，任何商店都会接纳你当人虫，不会把你拒之门外。你还有 24 小时可以做出选择。"

红衣女郎说完，随即对老蓝摆了摆手，头也不回地向街对面走去。她进入停在路边的一辆红色兰博基尼跑车里，一阵轰鸣而去。

老蓝纳闷这红衣女人到底是谁，难道是个重要人物？她如何知道自己只剩下一张天票的余额。他看着右手手心里的牌，牌的份量比一般的扑克牌重得多，它背面朝上，在黑白相间的网格图案正中间，是一只淡金色的步行虫，这似乎是用真的金箔勾勒的十分精细的图案。他把牌翻了个面，牌的正面什么都没有，只是白色的一片空白。老蓝的脑袋中也一片空白，他把这张精致的卡牌揣在了自己的裤兜里。

8. 城市别墅

老蓝用最后的 9 个本地币买了一张交通天票，深更半夜坐上最后一班轻轨，要坐四站回自己的住处，一栋三层的"城市别墅"。对老蓝来说，在这个住处他所经历的事情充满怪异，不过仍然很有家的味道。

称它为别墅，因为它符合了别墅所有的特质：独栋、三层、带院子，还居然是红瓦的斜坡顶。加了"城市"的标签，是因为它位于市中心最繁华区域的边缘，理论上算是白银地段。老蓝向人按照这些特质形容过它，所有人都说他的运气好，从以前市中心的大公寓家中搬出来，还能找到那么好的住处。

市中心的大公寓他送给了前妻和女儿，算是给那个家最后的一个交代。离婚分家时他整天稀里糊涂的，加上前妻和她的律师都是狠角色，最后为了图省事，他把大公寓剩下的贷款一下子全还了，花光了他这个小老板的所有积蓄。当初觉得，反正自己还有公司，却没想到经济环境一再恶化，公司成了累赘。

　　老蓝搬进来近一年，这个住处对他来说为首的怪异事，是老蓝其实只是在散步时路过这里，好几次他看见这幢孤零零的房子，都颇有一种同病相怜的亲近感。于是终于有一天，他鼓起勇气唐突地敲了门，发现这里只是个被人遗弃的屋子，并没有人住。他那时已经几乎没有多余的钱去睡酒店，剩下的资产也全填进了公司的债务里，在下属面前他也拉不下面子睡在公司办公室里。老蓝当时只是想着能把这个地方当作应急时的退路，至少睡觉时能有个屋檐挡风遮雨，但没想到就此安顿了下来。当然了，他不可能领过朋友或女人到他现在的住处。

　　改说普通的人话，这就是个老破小的危楼。

　　危楼的老主人陈某是个资深的赌徒。原本此地都是这种老旧的自建危楼。建造轻轨时，轻轨本来要在此处下穿到地下，空出来的地面土地全部拆迁后，要开发新的商场和住宅楼。其他邻居都分了房子拿到补偿金，满意地搬走了。然而陈某坚持自己的别墅在未来会值更多的钱，立志把自己下半辈子的宝押在上面，誓死与自己的别墅共存亡，地上的开发项目拖了很久，于是就遇上了多年前的那次经济大萧条，硬生生地夭折了。

　　开发商跑了，陈某却也没有赢。他万万没有想到，既然不用再建设开发，轻轨也不用下穿了，而直接节约成本走地上，从陈某别墅的几米处穿过。轻轨开通后，陈某的老伴受不了，与他离了婚。不久后，老陈终于也抗不过轻轨的轰鸣声，吃饭的时候越听越生气，骂骂咧咧不小心被一块肉噎着，活生生地憋死了，留下了三十多岁的少主小陈。

　　老蓝为何会知道这些以前的故事呢？这当然都是小陈让老蓝知道的，而这就来了第二件怪异的事情。就有那么一天，在一年的三百六十五天中最不起眼的那天，小陈来了。他说自己从 S 市金融区的一个豪华空中别墅中搬回来，说自己付不起那里的房贷了，总之欠了一屁股债，要回来这个地方躲债。老蓝知道住在金融区空中别墅的，就算不是金融街的大佬，也是非常厉害的机构投资人，这些人在金融雪崩后需要躲的债，也肯定不是一般数量级的债。

但这并不是怪异的关键点。怪异的地方在于，老蓝完全忘记了小陈是何时出现的，就像他根本不记得自己的嗅觉是在哪天失灵一样。更怪的是，小陈根本没有要让老蓝离开的意思，事实上他完全不介意，就像老蓝住在这里是理所应当的事情。他就这么成了老蓝的房东。

别墅的样子其实根本不像别墅，而更像是个小仓库或者轻轨轨道边的瞭望塔楼。底层基本就是个过道和楼梯间，堆满了老高的杂物和书，散发出一股霉潮味。二楼只有一个十平的小房间和一个迷你厕所，小房间里现在住着老蓝，厕所则是所有人共用。最顶上的小阁楼里现在窝着小陈。

有一次，市政建设和绿化局的人来争取过小陈的意见，说是帮他拆了房子，这里建个绿地，仍然给到他之前的拆迁待遇，又有钱拿又有房子分。可小陈不同意，他整天窝在家里胡思乱想画着写着，白天用被子床单把窗户塞住，继续他老爸抵御轻轨、押宝地皮未来升值发大财的遗志。他总是伏在那边画东西，写东西，所以老蓝觉得他现在要么成了个漫画人，要么是个写作者，肯定算不上是漫画家或作家，因为他从来没看到过小陈的作品，即使有也肯定不畅销，否则不会继续住在这里，和自己这样的破产老板一起。

小陈虽然有点疯狂，但对老蓝来说，小陈是他破产生涯中的贵人，因为这小子可能是这个城市最酷的房东。房租随便什么时候交，数额看情况给，这实在是匪夷所思。有时老蓝不好意思心虚起来，上楼和小陈说房租也许下个月给他交一些，小陈都只回答一句"知道了"，然后要么闷头画东西写东西，要么拿出个游戏机打游戏。小陈的房间堆满了各种写满画满的纸，满屋子再生纸发霉的味道。房租，老蓝一次都没有给过他。

当然还有老高和老高。他们爷俩搭了一大一小两个帐篷，生活在种满了各种葱的小院子里已经有一阵子，只比小陈晚来几天而已，具体是几天，老蓝糊里糊涂地也给忘了。说是小院子，其实就是当初老陈用木条、铁丝和尼龙绳线围合起来的不规整也不雅观的一块地。不过好歹，它的确算得上是一个有泥土、能种植的院子。

五十岁的那个老高和老蓝是同年的。老高和老蓝第一次闲聊时，说自己曾是跨国投资并购私募基金的股东。老蓝说你就吹牛皮瞎扯吧，干这种行业的有几个是没有强大背景支撑的，还能混成你现在这种样子？老高说他的时代过去了，而且他得了一种神经性腹泻的毛病，一遇到有压力的事物就会肚子疼大小便失禁，所以现在必须蛰伏。

不过和老高熟悉后，老蓝越来越觉得他也许没有瞎吹。一方面此人很低调，说话很诚恳，答应的事情都会兑现，这些就是有本领人的特质。而且他在投资股票、基金操盘风险分析、国际金融形势预判方面的知识堪称渊博，正好能和老蓝、小陈聊到一块儿。他的帐篷里有许多稀奇古怪的东西，比如老蓝看到过一种罕见的表面有激光雕刻技术的十六面形袖扣，每个面在不同强弱的光线下，每次都能看到不同的 3D 图案，老高说这是太平洋某岛屿上某豪华大赌场内的隐秘 VIP 俱乐部的成员才会有，是十分珍贵的事物。

老高和小陈都有件非常怪异的事情，那就是他们不佩戴手环。手环是特殊材料和技术制造的，不用特别手段根本取不下来。它能收集佩戴者的 DNA 信息，是他们这个时代最重要的必需品。没有手环寸步难行，这等于身份 ID、通讯、支付、信用、社会医疗保险都没有了，哪里都去不了。简单说，就是最基本的衣、食、住、行都成问题。

　　另一个老高其实叫 Goofy，就是高飞，名字来源于五十岁的老高最喜欢的迪士尼经典动画形象，而老蓝也记得高飞刺耳的笑声有点神经质。没错，另一个老高是一条老狗，一条棕灰色的硬毛大猎狗。这里就又有一件很怪异的事情，那就是老高总是信誓旦旦地说，老高是在他二十多岁就开始养的爱犬。老蓝掐指一算，那老高这条狗已经至少二十五岁了，他听说过活得最长的猎狗也不过十五年而已，怎么可能活那么久？这还不成了狗精？老蓝嘲笑老高老糊涂了，连自己爱犬的年龄都会算错，可老高只是摇摇头，支支吾吾地什么都说不出来。

　　不过老蓝觉得老高很友善，对自己很尊重，是一条很有灵性的狗。夏天的时候，老高会随着老高一直呆在院子里。第一年遇见天气开始寒冷的时候，老蓝邀请老高和老高睡在自己房间。老高说不必了，他的房间也太小，不够三个人挤，他们爷俩打地铺睡在一楼的过道里就很好，这样大家的利益都最大化，睡觉也不会互相影响。白天或老蓝不在家的时候，他们仍然呆在院子里，不会擅自进入别墅，这让老蓝觉得很绅士。

　　有时候五十岁的老高在帐篷里睡觉，老蓝邀请老高进屋来，它只是摆摆尾巴表示很高兴，但不会进来，一定要在外面等着。平时老高看见老蓝闲暇了，或者老高来他屋里聊天的时候，它会扑到老蓝的怀里，让他抱抱它，它的鼻子嗅嗅他，爪子摸摸他，舌头舔舔他，表示喜欢和友好。但如果它看见老蓝穿着那套顶级剪裁的西装出门，是绝对不会过来用爪子摸他或者舌头舔他的，这能看出来它的教养不凡。

　　不过老高对小陈就不怎么友好了，它刚开始看见小陈的时候，眼中放出愤怒幽怨的光来，它抱怨似地低吼，甚至露出猎犬锋利的牙齿，老蓝和老高一直劝了它好一阵子，才让它平静下来。它居然开始无视小陈的存在，无论小陈如何讨好它，即使给它可口的零食都无济于事，这让老蓝觉得不可思议。

老高和老高自从来了之后，就再也没有出过门。他们的入住，说起来和老蓝很有缘分，也是让老蓝觉得十分怪异的又一个点。

那是小陈刚搬回来后的某一天，他做了两张 28 寸的油饼与小陈分享，对小陈让自己继续住在这里表示感谢。老蓝对自己做油饼的厨艺很有自信，这是他传承自外婆的祖传绝技，虽然他那时已经嗅觉失灵，但还记得小时候每次闻见油饼都让他的意识中充满了安全感，似乎能暂时修补他人生早期记忆中那一大片模糊、苦涩的地带。他不知道老高和老高怎么会经过他们偏僻孤独的别墅，这个地方除了穿过的轻轨、老鼠和鸟，什么活物都没有。总之也许他们鼻子好，闻见了油饼的味道，过来了。

他们敲敲门，直接问老蓝有没有多余的油饼，能否再给点水喝。第一眼看上去，老蓝以为这是一个带着狗远足旅行的中年男人，他们的样子并不像流浪汉。背包、帐篷、地垫、睡袋、身上的防风衣虽然有点脏，但都是名牌。人和狗的仪容、相貌、身材、气质，都是不凡和高贵的。

两张 28 寸的油饼，其实按老蓝的食量一个人就能吃完，和小陈两人分已经有点少了。但小陈并不介意，很爽快地让他把每块饼切成四份，这样他们四人分了这两张饼。令老蓝奇怪的是，他居然吃得正正好好，既不饿又不撑，非常满足。事后，小陈和老高都对他的油饼赞不绝口。他记得老高当时说："我最喜欢油饼了，吃到这两块油饼，真是让我的人生也开了窍，实在太好吃了。"

老蓝当时只是在想，为什么狗也会吃油饼，狗会不会拉肚子。

老高当即就提出了怪异的要求，他问小陈，能否让他们暂时搭帐篷住在院子里，作为回报，他会在院子里种上葱仔和水葱，供大家食用。

没想到小陈真的会答应。老高和老高于是就住了下来。

9. 人虫

老蓝回到城市别墅，老高和老高还在外面的帐篷里。他打开并没有上锁的别墅门，他们也就欣然地进了屋，深秋时节外面已经非常冷了，估计明天早上会降霜。

打开自己屋子的房门，老蓝被西面窗边月光下的黑影吓了一大跳，不禁惊叫出声来。老高和老高闻声赶紧跑了上来，一只老高汪汪地叫，另一个老高迅速打开灯，老蓝才看见西窗边，窝在他床上的原来是小陈。他头上顶着老蓝的被子，左手拿了个望远镜，右手拿着支圆珠笔，正在他的本子上画什么。

"你跑到我房间干什么？"老蓝有点生气。小陈虽怪异，但老蓝并不讨厌他，有时甚至可谓气味相投，小陈想要进他的房间他当然会允许，但这样擅自进来，还黑灯瞎火地伏在他床上，岂不是要吓死人。

"嘘 ---- 老蓝，老高，看对面林子里好像有几只人虫。"小陈压低声音，一边把他的红外线望远镜递过来。

　　"我先用下厕所，我要拉了。"老高刚才肯定被老蓝的惊叫吓到了，他的神经性腹泻毛病犯了。

　　"那四个人已经在对面林子里有段时间了，这些人不是到处都有，有啥好稀奇的？"老蓝接过望远镜，也凑到窗边观察起来。

　　"是吗？我还怕吵到他们会离开。我上边的西窗小，刚才观察了半天，角度不对看不清楚，才下来你这边。果然应该是人虫，他们除了工作不是总躲着我们，离普通人远远的嘛，怎么到这儿来了。"小陈边说边又来拿老蓝手上的望远镜。

　　"我们这儿，不就是离普通人远远的嘛！"老蓝一边反驳小陈，一边不让他把望远镜从自己手里拿走。

　　小陈的这个红外线望远镜在晚上看得非常清楚。对面这四个人都隐匿于冬青乔木灌木中，仔细地观察，才依稀看见他们打开了背部的聚合物壳，伸出六条腿，他们现在应该是仰躺着，放下了空气罩，并且把空气罩调成了不透明的暗色调。一般在睡觉的时候，他们这些人都像这个样子。不过有些奇怪的是，自从老蓝注意到他们后，似乎都保持着这种睡觉的状态，也不离开这里，至少在他回到家后观察到的总是如此。

　　小陈夺走了望远镜，他一边观察一边用手上的圆珠笔画着什么，"正好让我多看看，这些人虫真是有意思。"

　　"别老人虫人虫的，他们也是人。人家伸出六条腿，可以跑到时速二百五十公里呢。"老蓝下意识地把手插进裤兜里，摸到了红衣女郎给他的那张卡牌，他有些烦小陈的这种态度，他此刻如同看到了动物园的非洲雄狮一样稀奇。老蓝现在忽然对这种整个社会向这个群体施加的恶意蔑称有些反感，人虫即人形之虫，就好像背上他们的壳，就不是人，而成了一只只虫。

他一屁股坐在床上，不知为何心血来潮打开了从未曾打开过的古董电视机。它居然还能播出惨淡的画面，这让老蓝非常意外，他原本一直想把它运到垃圾场去，好给这堆满杂物的斗室腾点地方。

"奇怪，这些人不是总在工作嘛，他们为啥一直呆在这里。"小陈应该是在问老蓝。

老蓝不理他，想起自己今天下午和晚上经历的事情，他的心里又窝囊又烦躁。

"的确有点奇怪，他们一般不会呆在一个地方太久。"一声抽水马桶的声音后，老高的回答先从厕所传来，人才探出半个脑袋。

电视机里面是夜间的谈话节目。等一下，令老蓝感到非常奇怪的是，这似乎是很久很久以前就播放过的古老节目。画面异常模糊，根本看不清楚，可他却很清楚知道说的是什么事情，它和他记忆中的画面吻合起来。老蓝的心里"咯噔"一下，就像被触动了一个记忆开关，他的思绪集中起来。嘉宾是 FFF 公司的 CEO 和一些金融专家和政客，说的也是人虫的事情。FFF 公司就是生产人虫套装的公司，也提供人虫全方位的售后服务，一般被人称为 3F 公司。

他忽然回忆起来了，这些电视里的人谈的话题非常重磅，这在当时引起过全世界舆论和政论的大爆发，他们是在说人虫界的电子货币 3F 币，与普通市面上的数种电子货币已经搭建了结算平台，这即意味着货币在新的领域流通和不同经济体之间开始互相渗透。按照他的理解，或用普通人的视角，直接造成的影响是：人虫也能够在普通的消费场所消费了。然而大多数普通人不喜欢人虫，所以这是他们不希望看到的。至今为止，仍然只有少数地方真正对人虫开放，即使这样做也充斥着虚情假意，开放者纯粹为了利益，对人虫则敬而远之。而大多数消费场所根本就禁止人虫进入，交易只能在灰色地带进行。

老高的注意力也被吸引了，他坐在老蓝的身边，也一本正经地默默看起了电视上模糊难辨的画面。老蓝揉了揉眼睛，事实上，这根本就称不上是画面，而是无数微小的白色、黑色和灰色的小颗粒在那里神经质地扭动和转圈。

"按照这个趋势，看得更深些，货币可以广泛流通交易后，如果人虫的身份能赚足够的钱，甚至赚到许多钱，不但能还掉以前的债务，还能用钱铺路，买回以前的普通人身份？"老蓝一边看电视，一边假装自言自语，其实是想听听老高的意见。他插在裤兜里的手已经紧紧握着红衣女郎给他的卡牌。

"几乎不可能。"老高的眼睛仍然盯着电视，那个电视屏幕上现在什么画面都没有了，只是反射着室内惨淡的灯光而已。

"不试试看怎么知道。"老蓝有些听不进去，按照他所理解的逻辑，这也许对他来说是个转机。看见机会，就得乘早。

老高沉默着。

"明天我想去 3F 的商店看看。"老蓝再进一步。

"老蓝，你认真的？"老高侧过头来看他的眼睛。

"我也不知道，我见过所谓的人虫，他们总是笑嘻嘻的样子。我看过那些广告，当然广告肯定是夸大其词的，不过近些年他们的生活看上去并不坏，收入也越来越高了，甚至已经有一些年轻人虫聚集起来维护自己的权益，比起以前大有改观。不管怎样，他们至少自由自在，想去哪里就去哪里。"老蓝笑着对老高说。

老高看了看他，转过头去看那个什么画面都没有的电视，他又保持沉默，不置可否。另一只老高扑到了老蓝的腿上，它抬起头来盯着他看，眼神中有一种悲哀，老蓝抚摸着它头上的棕灰色毛发。

"你有见过、听说过人虫变回普通人的吗？"过了好一会儿，老高问老蓝。

听他的口气，老蓝不确定他这是疑问句，还是反问句。

"人虫就是人，我觉得他们就是普通人。"他回答。

"也对。"老高说。

"厉害厉害！我要上去思考研究一下人虫金融啦！"小陈的胸前挂着望远镜，兴高采烈地跑出老蓝的房间上了楼，看来他已经过足了眼瘾。

"老高，我想去看看。我其实已经考虑了一段时间了，自从搬到这里就开始了。"老蓝说。

"你今天喝了酒，明天再说吧，睡觉。"老高站起身，另一只老高也从老蓝的怀里跳了起来。

"可我已经坚持不下去了。"老蓝小声说。

老高和老高帮他关上门，一言不发地下了楼，去过道里打地铺去了。

老蓝的酒早就醒了。躺下后，他在床上翻来覆去几个小时，盯着那张带有淡金色步行虫的卡牌，把正反面翻来覆去看了不知多少遍，他一刻都睡不着，心里一直在挣扎着。

10. 油饼和西装

天亮的时候，老蓝终于下定了决心。一旦下定决心，他居然马上就睡着了。

七点半的时候他醒来了，约莫只睡了一个半小时，不过他觉得真是神清气爽。他找了一套很宽大的蓝色运动服穿上，把红衣女郎给的卡牌揣在裤兜里，刮了胡子洗漱完，然后下楼到院子里摘新鲜的小青葱。东边的天空是青瓷色，那边的云彩泛出一种玫瑰红，所以更东边的太阳这会儿已经升到了地平线上面，只是被密密麻麻的高楼大厦挡住了。

老高种的小青葱结了一层轻薄的霜，葱头上还挂着露水，看上去莹润可爱。早晨的空气应该很新鲜，老蓝虽然闻不见，但他能想象满院子葱散发的清香。不一会儿他就摘了一大盆，这可能是今年院子里最后一波了，天气冷就得把它们移到室内来种。

老高和老高被他下楼后在院子里的一通折腾弄醒了，他们俩也来到院子里，老高弯下腰来，拔掉了几株带白花的杂草。

"老高，进屋吗？你要不要看我做油饼？以后你们可以自己做。"老蓝拍拍老高的肩膀，他们俩随着他走进屋子里。

老高和老高跟老蓝一起来到二楼，老蓝在一个塑料脸盆里倒上做两张油饼的面粉和水，开始揉面。老高和老高坐在他的床沿上，默默地看他揉面。

"我家祖传油饼的特点，外面很酥脆，里面却是柔软不会发硬的，因为揉这个面的时候，水要比人家稍多放些，这是秘诀。"老蓝一边揉面，一边低头说，"不要怕揉面的时候湿面粘在手上，只要一直揉下去，多揉一会儿，不能急。你们看，揉着揉着它也会成为一团，这时候手上粘了许多面没有关系，把它刮下去继续揉，或者你看，换一只手来揉，这时候面团上了劲是不会粘到手上的。"虽然他早前的记忆一片模糊，但却记得外婆解说过的做油饼的每个细节，身体对此反应出一种肌肉记忆，而做这种粗陋油饼携带的穷酸本质，让他有一种脚踏实地的真实感。

老高只是看着，也不点头，也不发问。

"现在揉好了，我把这面团分为两个，搓圆一点，你看，然后像这样盖着纱布让它们醒二十分钟。"

老蓝说完站起身，去拿架子上的电磁炉，再把他 28 寸的平底锅拿去厕所冲洗。冲洗完锅子，他将几把青葱切成葱花放着备用。

老高和老高就一直默默坐着，很仔细地看着纱布下的两个面团，仿佛在观察面团内部发生的全部变化。

二十分钟过去后，老蓝在小桌子上撒上少许面粉，"我要接着做了，老高，你们看好。"

他开始擀面，今天手势特别顺，擀得又均匀又好，两个面团变成了圆形的薄面饼。然后他抓起适量盐在面饼上均匀地撒开、刷菜籽油、撒葱花，完成之后小心地把面饼卷起来，就和卷地毯一样，不能卷得太松，否则之后会垮掉。卷成一长条之后，他再把这个内含葱油的面饼条子团起来，团成螺旋形，就好像一个化石鹦鹉螺的壳。

老高和老高看着这两个鹦鹉螺的壳，一言不发。

他把锅子放在电磁炉上预热后，开始用两个手按压鹦鹉螺，均匀垂直地按压，两个面饼开始慢慢变大，变成大约一厘米的厚度时，两张面饼都成了 28 寸左右的大小。

"之后就是煎烤油饼啦，不难。锅里放少许的油，把两面煎到上色后，可以把平底锅的锅盖盖上焖一下。然后打开盖子，在锅中再加入些菜籽油，把两面煎到酥脆就完成啦。"他边煎饼，边看看老高和老高。

一个老高眼神涣散，不知道他在注意哪里。另一只老高盯着锅里的油饼，耳朵竖起来听着锅里"滋滋"的响声，它吐出舌头，舔了舔自己的嘴。

一会儿，两张饼都做好了。

"我负责种葱，油饼还是你来做。"老高说完站起身来，去拿厨刀。每次分油饼是老高的活，他把每张饼公平地四等分，每人得到两块饼。

"好香啊，这是新种下的小青葱做的油饼吗？"小陈披着睡衣推开门，他寻味而至，"老蓝，老高，我研究了一下人虫怎么积累财富，也许真的像你所说可以变回富裕，昨晚真是才思泉涌啊。"

老高已经把油饼装盘，他们四个围着个小方桌分坐四方，"咔嚓咔嚓"地嚼起了油饼。老高、小陈和往常一样赞不绝口，那一只老高趴在地上，不到一分钟，已经吞下了两块饼。

"小陈，我的这套西装，你可以帮我拿出去干洗吗？轻轨站边上的那家店知道该怎么洗。洗完之后，这套西装就给你穿吧，咱俩身材差不多，算补足你一年的房租。我这间房，你能不能再帮我留个一年别租出去？"

"唉？老蓝，难不成你昨晚说去 3F 商店是当真的？你要去当人……"小陈把吐到嘴边的"虫"字硬生生和一口油饼一起吞了下去。

"是的，我要以重新回到这个城市为目标去当人虫。"老蓝吞下一口油饼说道。

小陈愣了一下，他低下头，鼓着腮帮子用力嚼着油饼，像是在消化这个事实，片刻说道："老蓝，你真勇敢，佩服，我从心里支持你。我这种人不知道能不能换一种活法。我才不要你的西装，我喜欢穿睡衣和运动服，再说我躲债又从不出门。西装我会帮你收好，你回来的时候也许还会用到。"

"谢谢你。"

小陈虽然怪异，但也显露出一番好意，让老蓝有些感动得气结喉塞。他此刻觉得小陈也许是这个世界上最酷的房东，简直不可思议。

吃完收拾完，老蓝穿着宽松的运动服准备出门。他回头看了一下自己邋遢的小屋子，老高和老高，还有小陈都站在小方桌边上注视着他。

"祝你好运，老蓝，房间我帮你留着。"小陈严肃地说。

老高只是对他默默地点点头，另一只老高过来嗅嗅他，蹲在地上注视着他。

他走出别墅的门，看着老高种的满院子的葱，心里居然对这个自己住过的最窝囊可悲的地方有些留恋。此刻，他的眼眶居然湿润了，心里既感慨又委屈。"这样可不行啊，我什么时候变成了如此多愁善感的人了，看来年纪越大情感越脆弱。"他马上抬头看了看碧蓝的天空，用手抹了抹眼睛，却没有找到太阳在哪里，天空中只是飘着几片看上去傻傻的纯白色的云朵，质朴纯洁的样子就像孩童的水彩画。

"老蓝，去了那边有事情别憋着，可以回来找我聊。"老高小声说。不知何时他来到了他身后。

"嗯。"

老蓝没有直接去轻轨站，而是先穿过一侧的轻轨轨道，穿过那片被轨道孤立的冬青树林，开始往市中心的方向走，过了十几个街区就是他以前的家，这个公寓里面现在住着他五岁的女儿和前妻。他的手里拿着一个纸包，里面还包着一张油饼，早餐结束后他又花时间做了一张，他的女儿以前最喜欢吃他做的油饼了。老蓝走上前去想要按动门铃，却被门口的保安阻止了。

"先生，对不起，我不能让你去见你的女儿。"这个保安是认识老蓝的，他已经在这个高级寓所当了十年的保安。

"为什么？你没有权力这样做。"老蓝的心里有很不好的预感。

"我这里有法院的文书，禁止你接近你的女儿和前妻，这是上个月底的批文。怎么，难道你自己不知道吗？"

他沉默了，他已经忽略了他自己的律师、前妻的律师太多的消息和音频呼叫。

"你......你们不能这样做！上面住着的是我的女儿！"他吼道，并且用自己的手环呼叫他的前妻，但是前妻并不接听。他的心里既惊恐又气愤，一次次地拨打，直到前妻回应了他。

"你还想干嘛？我可以随时永久切断与你的联系，你这个骗子骗了我那么多年，你现在连不骚扰我们都做不到吗？"是前妻冰冷的声音，老蓝已经不记得她是否曾经有过温柔的音容笑貌。

"小芸和你的赡养费，今天下午我就能结清，还有十六年的全部结清给你们！让我和小芸讲话吧。"他急冲冲地说道。

"你哪儿来那么多钱？你又去做了什么？你这个人疑点太多，在法庭上也一直在隐瞒。"前妻的语气充满疑惑，但还是稍微软了下来，她很清楚老蓝已经没有资产了。

"让我和小芸通话，下午一定结算给你，我有办法。"老蓝趁热打铁。

"你稍等，小芸，来通话。"他前妻居然同意了。

"妈妈，是谁？"前妻的手环里传来他女儿稚嫩的声音，显然女儿就在前妻的身边。

"你爸爸。"

"啊？爸爸不是就在家吗？"女儿的语气有点奇怪。

手环里传来一个陌生男人爽朗的笑声，原来如此，这让老蓝的心里很不好受，虽然前妻找到另一个男人是她的自由，他也许本该祝福她们才对。从他们的氛围听上去，老蓝感觉这个男人对小芸应该不错。

"是你以前的爸爸。"前妻解释道。

"喂，以前的爸爸，你好吗？"小芸的声音在老蓝耳边响起。

"爸爸还好，我带来了你最喜欢的油饼。"

"油饼！妈妈，我要吃以前的爸爸带来的油饼！"女儿的叫声之后，老蓝只听见前妻模模糊糊的语音，应该是在给小芸解释什么，老蓝知道她不可能让他见到小芸。

　　“妈妈说不管你以前做过什么坏事，一定要做一个对自己诚实的人，这样以后才能和我在一起玩。”小芸的声音又响了起来。

　　“小芸，爸爸现在要去一个很远的地方，等我回来的时候，我们一定又能在一起玩了。”

11.Black Coffee

今天天气很好，老蓝感觉一切都会很顺，能听见女儿的声音已经让他喜出望外。他把装着油饼的纸包给了那个保安，委托他交给小芸。他的手里现在只剩下昨晚买的市内交通天票和红衣女郎给的卡牌，他在女儿公寓的附近上了轻轨。

在一个很大的中转站下了轻轨，这个中转站又和一个综合购物商场连在一起，人流量很大，老蓝在人群中努力寻找他们的踪影，却一个都没看见。他想起那个谈话节目，人虫 3F 币和普通市场货币早已经互通，可这里却没有见到半个人虫过来消费。他记得应该有一家 3F 的旗舰店就在这个中转站的一角，它主要负责着对物流人虫的服务。寻了半天，他才找到店门口，店面居然很隐蔽，只有一扇米灰色的小门，没想到 3F 这样全球最有钱的公司竟如此低调。

门上方的砖墙上贴着的灰色亚克力字写道："FFF gives freedom for free"。

　　"哼，好吧。"老蓝心想。

　　推开店门，门的上方居然还安装着老式的金色迎客铃，发出"叮铃铃"的脆响。老蓝下意识地深呼吸，他有很强烈的预感，扑面而来的会是一股咖啡和巧克力的香气，虽然他的嗅探是徒劳的。屋里的桦木家具、格子桌布和点着蜡烛的暖色调也很温馨，这里简直就像个家庭咖啡店，大大出乎他的意料。3F 毕竟是做高科技产品的公司，店面难道不该是极简冷酷的风格吗？

　　他走进屋子的玄关，这里的两个小木板上贴满了 search & find 的彩色纸条。大多是找人一起完成工作任务或私人、政府的工作委托，也有的是交换3F套装零配件和软件，有的是某些定居点在找同居伙伴，还有一些醒目的悬赏寻人启事。老蓝整个人有些紧张，身体僵硬拘谨着。说实话，他看过一些 3F 公司的广告，宣传的无非都是崭新的人生模式、自由自在的生活理念，可是他对那些使用 3F 产品的人，即成为所谓人虫后的人，一点都不了解。

　　几个背着聚合物硬壳，穿着白底聚合物套装的年轻本地人坐在一条长桌上喝咖啡聊天，里面还混着两个外国人，他们还吃着巧克力曲奇饼，看见老蓝进门，好几个都和他打招呼："嗨，yeah peace！你好啊，本地的大叔！过来一起喝一杯！你要给我们任务吗？"

　　除了他们这最热闹的一桌，其他桌上还有一些人三三两两地坐着聊天。老蓝的心里一颤，果然是有咖啡和巧克力的，这印证了他刚才的预感。

　　从里屋走出一个很有气质的中年女人，她同样穿着白底套装，白底上面还装饰着醒目的粉红色花案，但是她的背后却没有背着那个聚合物的白色硬壳。她看见老蓝先是一怔，然后睁大眼睛盯着他，仿佛他的脸上有什么了不得的事物。过了好一会儿，中年女人的脸上才露出商用的微笑："先生您好，我是梅根。请问，您是第一次来 3F 店吗？"

"我是。"老蓝回答，这个中年女人有点眼熟。

中年女人盯着他看了一秒后，随即点点头，友好地问道："请坐吧，您喝咖啡、热巧克力还是红茶？需要本店的巧克力曲奇吗？"

"有果汁吗？"老蓝试探地问。

"没有，我们店只有咖啡、热巧克力、红茶和巧克力曲奇饼。"女人坦然地笑着回答，没有显露一点不安或为难的神色。

"如果这里真是个咖啡店的话，真是有够奇怪的。"老蓝心想，果然没有果汁。

"咖啡吧，黑的就行，多少钱？"他问。

"先生，别操心，算我请的。"女人笑着说完，自己走入了里屋，并对吧台后面背着硬壳的女服务生使了个眼色，"Black coffee from the house。"

虽然那桌热热闹闹的人一直在给老蓝使眼色，但他没有和那群热情的年轻人坐在一起，而选择了一个僻静角落的位置坐下。过了很久很久，直到老蓝已经极不耐烦起来，心想做一杯咖啡而已，又不是烹饪法式大餐，何至于要等上如此长的时间。过了将近一小时，中年女人才端来了咖啡放在他的面前，她并且在他的身边坐下，微笑地看着老蓝的眼睛，仿佛在观察着他。

"哦，对不起，先生，我们是不是在哪里见过？"

"可能吧。"老蓝并不想接她的话，他知道职业销售总是这样套近乎。虽说一会儿他的一切可能都会在这个女人面前暴露无遗，但此时的老蓝还想要努力收拾好自己的一点隐私。隐私在这个时代，一点一滴地变少，成了人们最为稀有的财产。老蓝喝了一口黑咖，因为嗅不见咖啡的气息，而且这咖啡淡而无味，简直就像是喝一种药水，实在不敢恭维。

"那么，今天我有什么能帮到您的？"女人的语气携带着那种资深销售的老练和沉稳，眼神也仿佛一下子充满了力量，显然这里是属于她的地盘。

"我想使用 3F 公司的产品。"老蓝开门见山不想多啰嗦，要在自己还没感到厌烦之前速战速决。

"对不起先生，恕我不能接受您的请求，这里已经饱和了，我们这里也全是年轻人，他们都有自己固定的团队和组织。看您的年纪，不如还是用完咖啡回家去吧，无论您有什么困难，相信很快会好转的，我祝福您。"女人盯着老蓝的眼睛，用的是很亲切的语气，说完即站起身来要走。

老蓝一声不吭，从裤兜里摸出那张红衣女郎给的卡牌，先背面朝上放在桌子上，让女人看清那只淡金色的步行虫，然后再翻了一个面把一无所有的白色正面朝着女人。

女人的脸上立即闪过一阵阴郁，甚至整个身体微微颤抖了一下，她马上说道："哦，先生，既然这样就完全没有问题了。问题是您来这里之前，已经全都想清楚了吗？您清楚我们为您提供的是什么吗？"她喘了口气，重新坐了下来，有些忌惮地看着桌面上的那张卡牌，一边与老蓝说话，一边如同警觉着一只会咬人的毒物。

"我清楚。"老蓝在敷衍。

"您看过我们新的宣传片吗？"女人问。

"看过"，他回答。3F 公司的宣传片经常能在各处看见，拍得都很唯美，但广告从来都让他感到厌烦。

"像医疗这些不用担心，生病的话来 3F 商店就有专人处理。"

"我知道。"

"那好，在我还没向您介绍产品之前，您有什么问题吗？比如对于 FFF 公司本身，或者使用产品后日常生活的一般性问题。您知道，一旦签了合同之后我公司是不接受随便退货的。"

"其实的确有一个问题。"

"您随便问。"

"使用产品后，如果我想回到原来的生活，还能回去吗？"老蓝看着她的眼睛。

"您看，您果然提出了这样的问题。让我换个角度回答吧，使用产品之后，并不意味着您要离开原来的地方，您还在这里，实实在在的，所以也不存在回去的说法。您是自由人，一切选择都是自发自主的，这一点是肯定的，请不要忘记。我们只是给您开启一段崭新人生的可能性，而您今天过来这里，肯定也期待一次重新开始的机会，对吗？所以我刚才一开始不是就问您了，您来这里之前，已经全都想清楚了吗？"

女人像教化信徒般说着，表情严肃又有点亲切，老蓝明白她这是在做销售的工作。他知道他的问题进入了一个闭合的 loop，无论怎样发问，女人都会把问题推向原点。

"但这是可行的吧。"老蓝没有放弃。

"您要是坚持这么说，当然，理论上一切都是可行的。您付清产品租赁费用，偿还所有的债务，然后懂得 3F 公司默许的方式。"她点点头。

"默许的方式，是什么？"

梅根注视着他保持沉默。

"那么有多少人使用产品之后，又舍弃了产品，回到了自己原来的生活呢？"老蓝继续问道。

梅根仍然保持沉默。

"回去的是怎样的人呢？"他更进一步。

这个叫做梅根的女人抬起头来，她用凝重的目光盯着老蓝的眼睛，缓缓地说道："对不起，这些我可无法透露，这既是公司机密，也是回去的人应该享有的隐私。"

"既然没有公开的信息，那这就很难说是不是一条不归路。"老蓝嘴上虽这么说，心里却安心了不少，女人不但没有矢口否认，甚至提到这是回去的人应该享有的隐私，很可能有人回去过。当然了，既然回到正常人的生活，谁愿意透露自己本来是一只虫。

"这是每个人的选择，我可以负责地说，这是未来的趋势，在当今时代是明智的选择。在您最终签合同之前，您不妨问问这个店里的产品使用者，听听他们的说法，他们为什么不要回到以前的生活去。"女人显得很有自信。

"产品服务费和债务怎么计算？"老蓝现在必须做出最后的判断。

"我们的套装产品，理论上为无限期租借，一年的服务费五百万3F货币，当然这不含您额外选择的软硬件升级服务费。收入方面平均来说，一个人每月接一次系统分配的任务，一年平均收入为一千万3F币。收入最高的那些人可以达到三千万以上。"

他点点头，这个条件听上去还行。

"至于债务嘛，我不知道您本来生活中的债务是多少。签订合同时，按照规定您必须交出现在的手环，才能进入 3F 的 ID 和信用体系。签订合同后，3F 公司会一次性认购您以前的所有债务，然后公司向您收取的年利率现在是 4%。这些核心内容，您都可以在合同上仔细阅读，我去拿一本合同副本过来。"

"不必，不用麻烦了。"老蓝点点头，这个结清债务的条件听上去已经十分干脆，4% 的年利率也并不很高。他最后问道："听说 3F 币和市面上的电子货币已经互通了，怎么兑换，汇率怎样？"

"先生，很早很早就互通了，3F 币要通过中间电子货币才能和本地通用货币交易，它与国际 D 货币也挂钩了，与 D 货币汇率会保持在稳定的区间波动。在官方的兑换点，一个 D 货币相当于七个我们 S 市的本地通用货币，一个 S 市本地货币相当于十五个 3F 币，也就是十五单位 3F 货币换取一单位本地货币。"女人耐心地讲解着。

"如果一年收入一千五百万 3F 币，去掉产品费用，那就差不多是三十多万本地货币，这相当于一个比较自足的家庭收入了。虽然远比不上我前些年的收入，但远远好过现在的状况。"老蓝心想。

"谢谢，我没有问题了，签合同吧。"他点点头，女人的回答都在他昨晚想好的底线之内。

"那很好，我也不啰嗦了，您跟我进里屋来吧。"女人很爽快地站起身来，先迎着老蓝进了里面的屋子，然后有些慌乱地用手指夹起那张淡金色步行虫的卡牌甩在了咖啡吧台上，就像扔掉一只会咬人的毒物，并呼唤吧台后的年轻女服务人虫，"嗨，快把这张卡牌收进保险箱里！"

　　里面的屋子只有两张小办公桌，再往里走是一个昏暗的通道，通道的尽头有两部普通的电梯。她带着老蓝坐电梯来到了 B3 层，这层还在轻轨枢纽站的地下停车场的下面。

　　B3 层的空间非常宽敞，层高足有十米以上，它像是内嵌于这个大枢纽站的地下货运集散地，里面有着很大的仓储空间，许多集装箱和托盘规整地堆在一起，像一座座小山坡，集装箱轨道车也能在这里的隧道内进出。有好多人虫打开背后聚合物的壳伸出六条腿，并且打开空气罩变成了外人看到的人虫形态。有一些人虫则以人的形态在物流集散的流水线上工作着，分散、归类或分发着货物，或正往人虫可以搭载在虫体后的载货箱内装填货物。老蓝看到他们中有少数人并不穿人虫套装，也有几个人和梅根一样，穿着套装但身后没有壳。

　　"这里也是服务很大区域相关物流工作的枢纽站，B3 层只有产品使用者和管理者才能进来，跟我来吧。"

　　女人把他指引到一个黑色的量子电脑终端边，它圆柱形的样子有点像一个老式的大邮筒。她把手放在感应屏上激活了电脑系统，一顿操作后，这个圆柱体的一侧旋开了一个小孔。女人转向老蓝说道："把你戴着手环的右手握拳，伸进去，伸到底。"

12. 自由人 59.622.314

老蓝注视着这个圆孔，里面黑漆漆什么都看不见。他有点担心，脑中不禁出现的画面，是把右腕伸进去之后，这个怪异的圆孔会一口咬下自己的右手吞下去。女人在一边对他点点头，做出鼓励他的表情。老蓝闭起眼睛，就在他要把手插入这个圆孔底部的瞬间，他的手环突然振动起来，老蓝惊得一下子把手又缩了回来。

手环发出黄色亮光，有人在呼叫他，是小黄。

"我能接听吗？"他转头看中年女人。

"当然，我们还没完成合同，手环还在您的手上。"女人在他身后笑着回答。

"小黄，什么事？"

"早上好老板，你今天没来公司吗？"

"我昨天不是和你说了，等我通知，之前不用上班。"

"是的，我今天只是去公司整理东西的。那个房东在我们大门上贴了停水停电的公告。"

"不用管他。"

"我就想和你说下，你昨天说得对。我明天要去旅行了，从西藏到西亚，再到地中海，最后去非洲，可能需要几个月时间吧。"

"很好，开开心心玩一下，我也要出趟远门了。"

"哦，你也开心点，我等你通知。别忘记我一直把你当成长辈和朋友，老高。"小黄似乎有些动情，小声说道。

"你……你叫我什么？"

"再见。"小黄已经挂断了呼叫。

老蓝关掉了手环通话，心里有些纳闷是不是自己听错，但不知为何，听见小黄的声音，让他心里翻腾着的各种忐忑瞬时好了一大半，重新有种脚踏实地的感觉。他趁着心里积聚上来的一股勇气，把右手重新伸进了那个黑漆漆的圆孔里面。孔洞里面变得越来越窄，慢慢地夹住了他的手腕，但还好，它并不是想伤害他，只是把他的手腕稳稳地固定起来。不知它用了什么手段，老蓝也并没有明显知觉，但是当孔洞把他的手重新往外推出来的时候，老蓝右手腕上的手环已经不见了，只留下一圈苍白印痕，和他左手无名指上的有点像。

"恭喜，系统已经接收您的手环，这代表着您和 3F 公司已经签订了合同，您原来的 ID 和信用已经被 3F 公司的新 ID 和信用信息覆盖。接下来让我看看您的信息，来协助您完成所有操作。既然舍弃了原来的身份，几乎所有人也都会隐藏自己原来的名字，您给自己起个昵称吧，希望今后怎么被人称呼？"

“老蓝。”

“那好，老蓝。”中年女人已经来到他的身边，她戴上了一副特别的眼镜，显然她正在读取眼镜上显示的信息，这些应该都是老蓝的信息。老蓝觉得自己现在特别无力，他的一切都暴露在了这个女人面前。

这个叫做梅根的女人一边读取他的信息，一边表情严肃地在电脑终端上操作着。

“老蓝，根据您手环上传至 3F 云端的信息，您的各类账户现金资产余额为零，真是厉害！债务分为个人债务和公司债务，3F 公司现在可以立即一次性认购。我向您说明并确认一下吧。”女人看着他，微笑着，好像在征求他的意见。

“你说吧。”老蓝已经无所谓了。他想象着如果说他的生活是一头到处乱串的不羁野兽，那现在这个女人已经一把捏住了它最私密的地方，老蓝的生活在她的面前俯下了身子，动弹不得。

“您前妻和女儿的赡养费还需支付十六年，总额 672 万本地货币。您个人拖欠银行的债务 55 万。这是您个人的部分，您听上去觉得对吗？”

“对。”

“好，您名下的投资策略公司现在还并未申请破产，公司拖欠房租以及杂费约 50 万本地货币，拖欠银行贷款约 200 万，拖欠员工工资合计约 120 万。因为您的公司是有限责任公司，3F 公司建议您现在可以直接申请破产，免除绝大部分的债务，这些债务就不会拖累到您个人了。”

老蓝想了一下说道：“能帮我付掉员工工资后再申请破产吗？”

"当然可以了，您真是个好人。那么 3F 公司将为您处理个人债务以及公司拖欠的所有员工工资，之后申请公司破产。债务合计约 848 万本地货币，折合 3F 电子币为 1 亿 2720 万。3F 公司已经接管了这笔债务，将向您收取年利息 4%，没有问题吧？"

"可以。"

"请您现在把右手伸进电脑感应孔，做下 DNA 信息验证确认，您就可以和之前的生活和债务说再见了。"女人说完，开玩笑地做了个如释重负般的表情。

老蓝重新用右手做完了验证。接着，圆柱形的电脑终端屏幕上出现了一套 3F 套装的 3D 模拟图，并打出了需要他设定外观并购置软硬件的信息。

"我来给您说明下，老蓝，您在这里能直接拿到的只有物流套装，其他职能的套装您可以在其他 3F 店获取安装。白底套装上有些小的图形中可以设置个性化颜色，不设置就是全白。此外更重要的是，我们也有一些新的软硬件服务功能。比如全方位信息眼镜，使用它可以看见人虫界的许多信息。您还可以加个搭载在身后的惯性驱动载货箱，这可以让您的载物能力增加 1.5 吨以上。还有全球眼的功能，实时利用卫星和各地交通控制的电脑系统，实时俯瞰身边和目的地沿线的所有交通情况。再比如 ……"

"好，我知道了，你帮我操作吧，软硬件我都要顶级配置，有什么好的功能就加载什么，载货箱也要最大最好的。白底衣服上图案的颜色我要那种天空蓝，就像星际迷航里面斯波克衣服的颜色。"

"Star Trek 里面的 Spok 吗？气质上和您很相合。软硬件顶配加上最新载货箱的话，虽然打包有优惠，但还是会让您每年的服务费一下子再增加 550 万 3F 币，加上套装服务费后达到 1050 万，您确定可以？"

"可以。"老蓝昨天晚上在心里设定的目标是在一年内尽一切可能多赚钱，工欲善其事必先利其器，他不能让工具拖自己的后腿。

"好吧。"女人在电脑终端上操作起来，不一会儿这个大邮筒般的终端下面的舱门旋转开启，里面闪出白色的亮光，一个银色的箱子出现在老蓝的眼前。

"恭喜你，请取出你的 3F 套装吧。你现在是我们的兄弟了。"女人拍了拍老蓝的肩膀，在他身后有些感慨地说道。她居然不再对老蓝使用尊称了。

老蓝蹲下身去取出银色的箱子，箱子只比一般的登机箱要大一点而已，但有些沉，应该至少有十公斤。它上面有个小孔发出白色的光点，正在他的面前射出一段全息影像，这是一串数字："FM59.622.314"。

"梅根，这串数字是什么意思？"他抬头问女人。

"Free man 59622314，这是你的代码呀，也代表你是第五千九百六十二万二千三百十四个自由人。快把右手按在光点上，它能识别你的 DNA 信息，就能打开箱子了。让我看看你穿上套装后帅不帅。"女人的口气完全变了，她似乎一下子把老蓝当成了自己的老伙伴。

打开箱子后，老蓝把它摊开在地上，箱子中装得满满的白色和天空蓝的各种复杂部件，但他并未识别出套装和聚合物的硬壳。摊开着的箱子，左半部分有一处凹陷，是一双脚的形状。

"你脱光衣服，内衣也要脱掉，双脚站在上面的凹陷处就可以穿上套装。"女人说完微笑地望着他。

"不是吧，她要我脱衣服，可却并不打算离开或转过身给我点隐私。是因为我在她的面前已经毫无隐私可言了吗？这是什么事，她觉得自己是医生吗？可以脱光我的衣服看我的身体？"老蓝心想。

不过都到了这里，也没什么好踌躇的，他用最快的速度脱光了衣服，按照凹陷的形状站到了箱子的上面。只停了两秒钟，他不知道发生了什么，总之脚下的部件开始剧烈地活动起来，这是在即时 3D 打印吗？不一会儿，他的脚上已经出现了一双合脚的白色鞋子，腿上和身上的白色材质携带着斯波克的天空蓝几何图案，逐渐覆盖了他的皮肤。箱子的下面肯定还有什么机关，套装打印完毕之后，他身后箱子的另半部分的底部一下子翻开，他的背上一下子被甩上来什么东西，显著地多了一个份量，正好缀在腰部和背部的中间。

老蓝知道，他背上了聚合物硬壳，硬壳是生长在套装上的核心装置，是无论如何也无法从套装上取下的，就和普通人的手环一样，是与身份绑定在一起的。而套装也是不能随意脱下的，必须按既定的程序操作才行。聚合物异常坚硬，是一种新型的超硬超韧材料，超过金刚石或碳化硅的性能，听说可以承受上万吨的重压也不会碎裂。这个壳重量应该正好是 6.8 公斤，想想它内部装载的东西，可以说超乎想象的轻巧了。很难想象那么小的壳里面，居然缩着六条不同长度的聚合物腿，腿上的高强度橡胶轮子，以及以后为他遮挡全部风雨的空气罩，外加所有的能源动力系统。

"很帅，兄弟，天空蓝很适合你，刚开始你可能觉得腰间有重物坠着不舒服，很快就习惯了。你的载货箱在那边的物流中心取，可以在每个 3F 服务点托管，它很重不用一直带着。你可以进行自己套装的个性化设置了，最快的方法是用你的全方位信息眼镜，它也会告诉你所有重要的事项和规则。我把你的衣服去处理一下，一会儿在上面再见。”中年女人微笑着说完，还对他眨了眨眼睛，居然俯下身去抱起老蓝的运动服和内衣离开了。

“这真是个奇特的女人。”他心想。

13. 莉莉斯

老蓝戴上全方位信息眼镜，它几乎把他的半个脸全罩了起来，这倒让他感觉安心，就如同戴了一个面具。它是全封闭全透明的，戴上之后眼睛就能看见镜片上的图文信息，就和刚才那个女人梅根一样。眼镜指示老蓝使用 B3 层的一些配置室，它们是专门用来让 3F 套装连接外部技术支持的。他来到一个宽敞的配置室，按照眼镜的提示开始设置他的套装，没用多久他就让眼镜的系统与套装同步，完成了设置。

多亏了这副全方位信息眼镜，它操作系统的名字叫做莉莉斯，老蓝感慨实在太好用了。套装的所有功能可以声控、手动控制，或利用眼球瞳孔的动作和感光性，通过全方位信息眼镜系统进行操控。他毫不犹豫地选择了眼球操控，并很快喜欢和熟悉了这个系统。这副全方位信息眼镜的系统莉莉斯实在太智能化了，她非常懂老蓝，似乎能读懂他的内心。老蓝心里想什么，她就能对他传达各种准确的提示信息，并根据老蓝的瞳孔在信息上停留的时间，来配合他发出指令。即使老蓝选择错误，莉莉斯也能马上根据他眼球的动作判别出来，进而纠正他的操作。莉莉斯还能不断与他眼球的习惯性动作进行同化，不断优化与他的融合。

莉莉斯让老蓝经历一种奇妙的体验，他觉得自己就像长出了新的看不见的手足，能够随心所欲操控身边的事物，如同他的套装、3F 创造的技术世界与他发生了心灵感应。

他让莉莉斯开启了 3F 套装的行进模式，根据提示，他控制身体往后坐下。身后空无一物，就在他感觉自己快要失去平衡跌倒的同时，身后聚合物硬壳在一瞬间打开，六条带轮子和钩齿的腿从身后迅速伸出，同时硬壳顶部和尾部弹射出来的软质聚合物材料稳稳托住了他的身体，空气罩也随之开启，从他的头顶上罩下来。他感觉自己一霎时坐在了一辆新型的赛车驾驶室里面，还是全景天窗的那种。老蓝试着往后仰躺下去，莉莉斯立即明白了他的意图，调整他身下的白色聚合物材料，让他极为舒适妥贴地躺了下来。

配置室的天花板是镜面，老蓝仰躺着看见了自己现在的形态，就如同一只六足的虫子，不像蚂蚁，也不像蜜蜂，更像是少了两条腿的蜘蛛，不知名的巨型甲虫。他的身体两侧，每侧有三条足，它们从他后背和腰间的硬壳中伸出，撑起了包裹着他的椭圆形空气罩舱室。前面的足较短，中间控制平衡的足稍长，后面的那条动力足最长，它拱起来踏在地面上，有点像蝗虫那强壮的后足。

这六足，除了末端都有比手掌稍大些的超强化轻质橡胶轮子，每条腿上都有着两个关节，所以可以自由活动。套装的中枢电脑能够协同操控每条足和轮子在行驶中的平衡性。因为整体重量轻，足在高速行进中还有抓地功能，足的关节上会启动强力气体喷射功能，让虫体紧贴住地面，而不会让人和套装飘起来。人虫的机动性能和灵活性，远远超过市面上任何性能最佳的机动车。

老蓝让莉莉斯把他带到了配置室的试验跑道上，跑道就像加大加宽的跑步机，马上就开始了试驾。开启加速行进的时候，他的全方位信息眼镜上，突然跳出了一个红色鲜艳的骷髅头像。老蓝还来不及细看，莉莉斯已经切换了界面，开始与他眼球的操控高度同化，一下子把时速开到 180 公里，这就是人虫行进时的平均速度，感觉异常稳健，也没有什么噪音。

老蓝知道，虽然他心里有些别扭，但他此刻的脸上，挂着的是笑容。他能感到的是，此时此刻切实地抓住了某种自由，他想去哪里就能去哪里。这样舒适地躺着，听着行进的轻微声响，感觉心里忽然充满了希望。空气罩内舒适安心，老蓝想他是能睡着的，他闭上眼睛静静地享受着这份安逸。

"滋滋滋，滋滋滋滋。"

老蓝还在回味那份静好，忽然听见这扰人的声响，惊出一身冷汗。他睁开眼睛，只见自己右手的手环在一片漆黑中一边震动一边闪出绿光，这是前妻的律师在呼叫他，他马上意识到一定又是关于拖欠赡养费的事情。

"怎么会？我怎么还戴着手环？我不是刚和 3F 公司签过合约变成人虫了吗？我不是还清债务了吗？这里是哪儿？"他感觉脑袋里一片混沌，下意识地嘟囔着。

他关掉了手环，坐直身子，才感到一阵寒意，屏息凝神才发现自己还坐在小黄的转椅里，原来是靠在转椅的椅背上睡熟了，自己还在办公室里。他看了下手环上的时间，正好是晚上九点整，有些难以置信自己居然还睡在这里。他感到口渴难耐，马上跑到自己的办公室里，拿起一瓶劣质的白兰地，咕咚咕咚地喝了半瓶。他嗅不见一丝酒气，只是感到酒精一路往下烧去，似乎点燃了自己心窝里的怒火。他疑惑到了极点，并且也烦躁到了极点，简直已经怒火中烧。他把手里的白兰地酒瓶重重地摔在地上，被砸碎的玻璃炸了一地，在月光照射下闪闪发光，白兰地的液体则就像消失在黯淡的木质地板上。他的肺部使出全力猛吸了一口气，也闻不见任何白兰地的味道，他的心中不禁一阵惊怒。

"不对劲啊！不对劲啊！把我的嗅觉还给我！把我的一切还给我！有人，是什么人在摆布我？我知道的，滚出来！我诅咒你们！我要弄死你们！"他狂吼着，突然幻想有许多张脸在背后观察他、摆弄他、嘲笑他，他立即奋力冲出办公室的大门，并猛力把门摔上。公司大门被他使出的巨力关闭，发出"嘭"的一声巨响，并触发了门框里安装的防盗系统，整栋楼里都响起了"哔哔哔"的警报声。

老蓝冲到大街上，已经听见警车在很近的地方鸣笛，大楼的警报系统立即接通了警方。他只想马上离开这里，有股冲动想要去以前常去的一家酒吧，并且喝个痛快。但他马上控制住了自己，"对了，对了，老高，老高应该知道到底是怎么回事！"他自言自语。

他冲上一列轻轨，心急如焚地坐了四站，一路狂奔回自己的城市别墅。"老高！老高！"他还没奔入院子就大声呼喊，平时那条猎犬老高总会跑出来迎接他。

"老高！我这儿有怪事，你听我说说！"老蓝没有遇见猎犬老高，只见另一个老高正在院子里走来走去，脸色苍白，显得很是着急的样子。

"等一下，你先放一放你这事儿，都不重要，我这儿有件更急的事儿。"老高气喘吁吁地说道。

"什么？什么事？"

"上楼说！"老高飞快地窜进别墅。老蓝跟着他一直来到二楼的厕所，只见老高一屁股坐在马桶上，只听见那马桶里一阵噼里啪啦的声响。

老蓝庆幸自己是闻不见的，看见老高那慌张样，心中觉得滑稽，于是也有些平静下来，"你说的就是这个急事儿？"

"不，不，唉，这当然也是之一了，是小陈！他一直怕有人找到这里催债，他有些发疯啦，他要去当人虫！一直嚷嚷着只有这样才能再次发大财。他精神不正常了，我不能让他去，所以让老高上三楼在他门口看守着，不让他出门。"老高的脸上露出惊恐。

老蓝点了点头，脸色也立即凝重下来说："这可是不得了的事！他整天疯疯癫癫的，绝不能放他去，这小子骨子里很敢干，但见识和智慧毕竟不够，最终一定会闯出祸来。"

"是啊！我看他心里主意已定，真怕他出去胡闹，对他自己今后很不好，对我们俩当然也极不利，对老高就更不用说了。我们三个得一起阻止他才行，小陈一定会酿成难以挽回的错，但他是个大活人，我们不可能一直盯着他呀！"老高皱起眉头一用力，马桶里又是噼里啪啦一阵响。

"是啊，是啊，你别急，我现在上去看看，我们三个轮班守，即便不睡觉也不能让他走出去。你先休息一会儿，等下上来换我。"老蓝说完就立刻上了三楼。

小陈阁楼房间的门关着，老高坐在门口的一小块走廊上，脸上露出郑重的神情。它看见老蓝上来，立即摇着尾巴高兴起来，在老蓝的腿边蹭来蹭去。

"嗨，老高，我来陪你一起守着吧，咱俩一块儿什么事都难不倒我们。"老蓝也在这一小块走廊上坐下来，他让老高伏在自己的大腿上，抚摸着它温暖的棕灰色毛发。他们两个互相依偎在一起，老蓝感到心里温馨又舒坦，只可惜闻不见老高身上雄性猎犬的气味，但老蓝能想象老高身上的那股狗膻味，心里充满着怀念。这会儿他感觉也许是刚才劣质白兰地的酒劲一下子上来了，整个人疲倦起来，他抱着老高靠在小陈阁楼间的墙板上，不一会儿就闭上了眼睛。

14. 高收入的人

"嗨，大叔你醒醒吧！喂！居然占着跑道睡大觉！哈哈哈哈，人老了真是没办法啊！"

老蓝听见有人似乎在嘲笑他，他嘟囔着"小陈呢？他没出去吧。"他睁开眼睛发现自己仍然躺在虫体内，虫体正在试验跑道上疾驰着，自己的全方位信息眼镜的一角，那个红色的骷髅图案闪烁了一下后便消失了。

"咦？我怎么在这里？刚才是个梦？"他自言自语道，昏昏沉沉中感觉不可思议。

"你是睡迷糊了吧，哈哈！不过最新型号套装的顶级配置，人工智能全方位信息眼镜，你的配件服务费比套装本身还贵，大叔，你真敢花钱呀！"身后有人在和他搭话。

他驶离试验跑道，收起了虫形，六足、身体下面的白色软质聚合物、空气罩都马上回到了他身后的硬壳里面。老蓝发现自己的面前是一个留络腮胡子的男人，也戴着全方位信息眼镜，肯定正在窥视他的所有信息。老蓝觉得自己也不能客气，莉莉斯马上给了他提示，老蓝让她悄悄在自己的眼镜镜片上启动了"人虫界数据库"。

这个男人叫罗杰，三十六岁，也是本地人，他的收入高得匪夷所思，去年达到 6880 万 3F 币，今年则已经超过了 1 亿，远远高于梅根所说的 3000 万高收入标准线。莉莉斯告诉他，此人目前收入排名是全球所有人虫的第 85 位。

老蓝决定结识这个人。

"你的装备也不差，要说顶级配置，我们彼此彼此，罗杰。"老蓝看见罗杰在自己的套装白底上也加上了斯波克的天空蓝，左胸前和后背上都还有彰显个性的朋克风格骷髅的图案，这和他刚才在眼镜上看到的极为相似。红色的骷髅非常显眼，红得发紫，它是那么鲜艳，甚至在他的全方位信息眼镜中显得不太真实。看到这个骷髅头，老蓝的心中有一种不知名的动容。

罗杰正把自己的套装接入配置室的电脑终端上。

"这不，我来升级自己的眼镜和套装操作系统，这些软件升级真的很贵。"罗杰把自己的眼镜掀开置于头顶，对着老蓝做了个无奈的笑容，他的眼神似曾相识，能看出来这人很有个性。

"恕我冒昧，我是个新人，你能否告诉我，怎样才能提高自己的收入？"老蓝也掀开眼镜微笑着。

"我们能做个私下交易吗？你答应和我搭伙做任务，我就告诉你。"罗杰睁大眼睛，眉毛上挑，做出期待老蓝回答的表情。

这也正是老蓝所希望的，他是个新人，能有这样的高手领入高收入人群的门槛，应该是比较上算的选择。看来今天的运气不错，他爽快地答应：“好，我和你搭伙。”

"哈，很好，可以共享你的全球眼和高性能载货箱了。高收入嘛，这个事情首先需要有动力，我成为人虫之前，欠下的债很多。3F 公司认购我的债务之后，向我收取每年 4% 利息是一大笔钱，你的全方位信息眼镜是看不到的，这是他们留给我最后的个人隐私。"

老蓝戴上眼镜用眼球让莉莉斯启动运算，果然看不见罗杰的债务。

"告诉你吧，我现在每年光还 4% 的利息就是 2 千万的 3F 币，这下你可以算一算我欠了多少债。"罗杰双手一摊，整个人显得很无力。"

"那可真是一大笔债务。"老蓝此刻心里有些同情他。

"所以嘛，人虫也分种类。一小部分像我一样，整天想着快些还债，最终过上自由自在的生活；另一种嘛，代表着绝大多数，他们就活在当下，也不急着赚钱，享受人虫的生活就很满足了。"

罗杰似乎并不忌讳说自己是"人虫"。老蓝对他点点头，这个人讲话有一种值得信赖的气质。

"言归正传，你想要高收入，作为伙伴我告诉你三个我的诀窍吧。第一，组队协作做任务，比自己单干效率更高。我有个成熟的队伍，大家互相配合，比如许多硬件和软件也是可以共享的。另外，我告诉你吧，有一个人虫资产的排名，大多年轻人都不屑看什么排名，只是轻松地等着 3F 系统给他们推荐任务。但是，一旦你的 3F 币资产排名进入系统的前一百名，就会掉肥肉给你，系统给的任务收入比别人高得多，当然难度和危险性也比较高。"

"第三呢？"老蓝问。

"第三嘛，你要懂得识别人虫的类型，不要和那些没有希望的懒虫或者一堆问题的年轻虫子混在一起，你年纪比我大，肯定很快会明白的。"

在闲聊中罗杰完成了升级，他们两个坐上电梯上行，他要带老蓝去见见另外四个一起做任务的同伴。

"大多数人虫也许性格都有点怪异，不过理解他们之后相处并不难。"罗杰在电梯里提醒老蓝。

"谢谢你的忠告。"老蓝的心里有些不以为然，都已经走到这步田地，他现在的优先目标是赚钱，不，唯一目标就是赚钱。这里是他重新获得自由的起点，他不是来这里结交朋友的。

罗杰把他又带回了家庭咖啡店。在吧台后面他没有看到梅根，还好她不在，想起梅根，老蓝的脸上感觉有点烫。

原来罗杰的四个同伴，就坐在刚才老蓝进店后一直吵吵闹闹的那长桌上，那里多了一群看上去很活泼的年轻人。看到老蓝过来，好几个人又大声叫唤："嗨！新同伴！老兄弟！过来坐啊！你是不是被看过屁股啦，哈哈哈！"

"喂喂，你们好好的，这个店里谁没有被管理者看过屁股的！你们这几个黄毛小子屁股上有几根毛，人家都清清楚楚！别闹了，老蓝是我们骷髅队的新领航，放尊重点！"罗杰用力拍了那几个起哄年轻人的脑袋。

"老蓝，欢迎欢迎！"这些年轻人似乎很听罗杰的话。

"你们好，我是新来的，请多包涵！"老蓝用眼镜快速扫了一遍，莉莉斯和他配合得天衣无缝，她喂的信息在眼前高速闪过，这些年轻人都在 30 岁以下，相互之间还有复杂的人际关系，罗杰果然是这些人中年龄最大收入最高的。他惊叹于莉莉斯的性能，这简直太难以想象了。

"骷髅队的过来，派对结束了，我们到旁边桌去说正事。"罗杰说完，有两男两女站起身跟着他们移到了僻静的桌边。

"大哥，这才刚回来几天，怎么又要出任务啊！"一个把头发染成金黄的本地女孩打了个哈欠，有些撒娇地说道。她的人虫名字叫做欢欢，只有十九岁，年收入居然也有四千多万。老蓝多看了欢欢一眼，因为她长得十分美丽，举手投足间让人觉得这女孩有些特别。老蓝虽然失去了嗅觉，但他的直觉认定欢欢的身上有好闻的味道。

"这次的路线我和胖胖已经做好了，接下来我们要忙碌起来。这次是集成打包的 3F 系统任务，难度不高但路线比较长。从这里出发，一直开到意大利威尼斯，沿线分工协作，顺路一共有七十六个送货接货任务，我已经在 3F 系统里都确认好了，今天晚上就出发。"罗杰对欢欢温柔地笑了一下。

老蓝扫了一眼，胖胖是那个体型胖胖的男孩，只有二十岁。另一个有些帅气的年轻男人叫做林潇原，二十七岁，他和金发的欢欢看上去是一对，不过莉莉斯告诉老蓝，他和刚才桌上的好几个女孩都保持着暧昧关系。另一个沉默寡言的女人是二十九岁的米灰，她看上去很乖巧，是胖胖的亲姐姐，来自遥远的南方。老蓝感到米灰的身边充斥着一种阴郁的气氛，他说不上来，也许这个女人正散发出一种奇特的气味，但他却闻不见。这三个年轻人的年收入居然都超过了五千万，林潇原几乎和罗杰差不多，看来他很重要。

趁着罗杰说明任务，老蓝又望向吧台后面，想让莉莉斯调查下梅根，可是这个女人却一直没有出现。

"大家听好，老杰克离队后，我们在高速行进时，仍然可以结成矩阵。我和老蓝来领航，我们的系统比较快，所以现在以老蓝和我的操作系统为矩阵中心。小林你改在矩阵左侧行驶巡视外道。我和老蓝还有全球眼可以用，这样安全系数会大大提高。"罗杰看着老蓝说道。

老蓝看到林潇原向上翻了翻白眼，颇含意味地看着他说道："哈哈，你和罗杰一样，真会抢钱呀，他是我们队收入最高的，但可别忘了我们到底是要做什么，别把自己迷失在钱眼里去才好。"

老蓝不是很明白他的话，不过他马上意识到，这个骷髅队一定有自己的收入分配机制，而这是以队员的贡献为衡量基础的，领航显然是比较重要的角色。他并不理会小林，他这样轻浮的年轻人老蓝看得多了。不过既然老大罗杰不点破什么，他这个新人也就随遇而安。他转向罗杰问道："老杰克是谁？他为什么离队？"

"老杰克死啦，被两辆同时变道的卡车夹扁了。"金发的欢欢说道。

"怎么会这样？"老蓝一下子有些错愕。

"他四十多岁的大叔，还不升级软件，总喜欢用手动控制套装行进，出危险的时候没看清楚四周，前面卡车突然变道，他反应慢了。年纪大了嘛，就该多依靠那些方便的傻瓜软件，省得拖全队的后腿！"林潇原盯着老蓝大声说道，甚至带有些火药味，他的眼神中有试探的意思。

老蓝不知小林为何要这样针对自己。"哼哼"，他对小林只是报以淡淡一笑。

罗杰看了看他说道："老蓝，别想太多，我们的工作的确是有些危险性，但也就和普通人驾驶汽车一样，都会出事故的。所以我们要利用技术增加安全系数。老杰克是个很好的伙伴，只是心疼几个钱，不愿意升级套装。死了就什么都没了，这他没想明白。"

老蓝点点头。

胖胖也说道："几人组成小矩阵是我们自己想出来的，可以同时观察所有角度，并且协同几个人的系统进行计算，是最灵活安全的了，还能显著节约能源。前几年物流人虫的事故和死亡不少，60% 以上和卡车有关，可以说卡车是我们的天敌。再加上有些人觉得我们抢了他们的物流工作，不是还总有那些人联合起来游行抗议我们的存在嘛。”

胖胖也许是想要安慰老蓝，老蓝觉得这个年轻人比他温软的外表要精明刚强得多。

“嗯，矩阵是胖胖设计的，他是个顶尖的软件工程师，这是我们队的专利，所以我们的收入也是这个地区最高的。”罗杰说，“好了，不多说，现在大家去补给休息一下，按照我在系统里的分配，整装检查你们的货物，晚高峰后我们就出发。”

一干人站起身来，林潇原和欢欢又要回到刚才那桌子上与那些年轻人闲扯。

“小林，补给和装货你帮老蓝一下。”没想到罗杰叫住了他。

“没问题，老大，我也正有此意，他就交给我吧。”小林歪嘴笑着向老蓝走来，“走吧，咱们去补给。”

老蓝想，罗杰也许想要给他们两个独处的机会，自行解决问题。他们又坐着电梯来到了地下 B3 层，小林一边带他走去地下物流中心和补给站，一边看着他说：“大哥，你又有什么故事来着？看你的年龄已经那么老了，难道还没有家人吗？那么大年纪还跑到我们一堆年轻人里面混着。你是因为赌博？还是因为投资？”

他说话的语气有点挑衅，但老蓝却生不起气来，不知为何，看到小林的样子，他在意识深处对小林产生了没来由的怜悯和歉意。老蓝用诚恳的语气说道：“我对你们来说的确是有点老了。大家穿上 3F 的衣服，我想原因可能是各种各样的吧，你又是为何到这里了呢？”

　　"哼，我和这里的大多数虫子不一样，我没有什么目的，就是单纯讨厌以前的世界，所以就来到人虫界看看。现在我能跑得比赛车还快，还能轻松地和姑娘上床，不用负任何责任。"小林不屑地说，正眼也没瞧老蓝。

　　老蓝知道他所说不假，莉莉斯告诉他，小林在成为人虫之前是个豪门子弟，所以不像许多人都是负债累累。也许的确如他所说，年轻的时候生活失去了方向而丧失了意义，这也很平常。老蓝有点理解他的说法，"很有意思，人虫界，没有国界的另一个世界。"

　　"人界、虫界，而我们在两者之间。话说你还没有告诉我，你这样的年纪，怎么又放下自己的一切要来这里。"

　　小林的语气放缓和了许多，但老蓝仍然不想回答他，他的心中忽然充满了羞愧，只能冷冷地说道："你去要一副和我一样的眼镜，也许就能看见。"

　　"你这个人不太坦诚啊，是无法面对以前的自己吗？你到底做过什么坏事？"小林笑着嘟囔着，看着老蓝摇摇头。他见老蓝不再言语，只能聊起工作。小林先带老蓝到了物流中心，他们在惯性载货箱里面装满了各种铝合金的箱子，这些都是重要的货物，而他们是被禁止打开看的。随后他们来到了补给站。

　　"你的套装电力是满的，沿途也会有各种谐振式充电路段，不过为了以防万一，在这里定两箱人虫口粮吧。"小林靠在墙边，吊儿郎当地笑着对老蓝说。

　　"人虫口粮？"老蓝转头问道。

　　小林从套装的口袋里拿出一支像巧克力棒的东西扔给了他，白色塑料包装上简洁地画着一男一女两个漫画人虫，一堆英语的文字说明。

"尝尝呗。"小林嘲弄地笑着。

老蓝拆开包装咬了一口，淡淡的只有些咸味，但是有点香，是可以下咽的食物。

"能量很高，营养也好得很呢，吃这东西就足够保持健康，里面的油脂可还是多元不饱和脂肪呢。你再把没吃完的半根靠近你背后的壳试试看。"

老蓝把剩下的半根靠近背后壳的一侧，它忽然打开了盖子，居然一下子把那根口粮吸了进去，又关闭了盖子。这个如同吞吃的动作让他吃了一惊，这个壳突然变成了一个有思想意识的活物，老蓝觉得自己脸上此刻充满了惊愕的表情。

小林看着他哈哈大笑："它可喜欢吃这个了，会把口粮转变为生物质能存储起来，随时迅速转变成驱动的电力。最后，在你变成人虫的时候，它还会拉屎把废物排出虫体呢，就和你一样。"

15. 时速一百八

老蓝吃了两支人虫口粮，已经做好了充分的思想准备，要和这些人结成矩阵，做任务一路驶去威尼斯。然后他想再回到这里，也许回去看看老高和老高，还有小陈，不知道院子里的青葱会变成什么样。

晚上八点，他们一行人来到了地下 B3 层。一些保安人虫为他们打开了地下的高速路隧道，罗杰没有什么多余的废话，他们出发了。

一上路，他们各自的系统通过胖胖设计的程序，马上连接成了自动驾驶的矩阵。他们的虫体几乎紧贴在一起，罗杰和老蓝处在中心的位置。所有人的系统都以老蓝和罗杰为中心，辅助着他们的自动驾驶系统和全球眼。在最前面打头阵的是二十九岁的米灰，她的系统也负责观察前方路况。尾部压阵的是胖胖，他的系统注意后面的情况，同时观察整个矩阵的变化，并根据路况灵活变换位置。两侧的位置上，右侧是染成金发的欢欢，左侧则是小林。

老杰克原来就是死在左侧的位置上。他是个退役的职业赛车手，也没什么骄人的战绩，还欠了一屁股赌债，但在驾车方面还是很有技术的，这也是罗杰唯一看中的优点。他在白天不睡觉的行进中，总喜欢关闭自动驾驶，手动操作自己的虫体，在矩阵整体向右变道时，老杰克十分自负的手动操作失误，被两辆故意找茬的卡车夹死了。

出发前，小林愤愤地告诉老蓝，对压死物流人虫的事故，虽然 3F 公司和卡车的保险公司会派专人了解情况，但肇事的卡车司机居然都不会吃官司。最后的结局，往往是保险公司或卡车公司赔款给 3F 公司，也就息事宁人了。因为人虫在现实世界没有手环、没有身份，一般也与家属朋友清算了旧债和情仇，断绝了关系，也不会有警察或检察官来管辖。

按照小林的说法，肇事司机往往就是蓄意谋杀，且不承担后果，这更激活了许多潜在的杀手，碾杀人虫泄愤甚至为酬劳而杀人。3F 公司横竖把人虫只当成自己的财产和工具，反正有钱进账就好。在这些现实的背后，有些人用宣传手段，有意地挑拨普通人和人虫之间的对立。小林说得脸都红了，两只手把拳头握得紧紧的。

这个隧道好长，他们以 180 公里时速行进了十分钟都没有走出去。等老蓝忽然看见夜晚的路灯，已经一下子来到了外面的匝道上，进入了高速道。晚上交通畅通，也没有许多卡车，老蓝在莉莉斯和全球眼的建议下全速行进，把时速开到了 250 公里。他往空气罩外看去，高速道的路灯，变成了两条金黄色的直线。在"嗡嗡"的行进声中，虫体十分稳当，他舒适地躺了下来，打开全球眼的卡车预警功能，不知不觉地睡着了。

日夜交替，他们就这样按照胖胖做的计划，一路西行，边赶路边沿途交付货物，又收取需要运送的重要物品。任务进行得很顺利。

两周后的一天清晨，太阳还没有升起，时速在 180 公里，路上根本没有其他车辆，老蓝眯着眼睛醒来了，马上就注意到高速道的左侧是一片蓝色的海洋。海的蓝很深邃神秘，它深深地吸引了他。老蓝看了看身边贴着他行进的伙伴，他们的空气罩都开启了不透明的暗色，应该都还在睡梦中。

空气罩的表面有一些沿着几何纹路流动的水珠，它的表面在行驶时能制冷，从而大量收集空气中的水份，在虫体下的水壶和载货箱内，过滤出饮用级别的水。这些水也是用作清洁身体的用水。老蓝每天都会在空气罩内开启清洁功能，这时候贴着他皮肤的白底套装才会打开，让全方位喷出的水雾清洁他的身体和舱室内的部件。然后空气罩再把所有的事物烘干消毒。

白底的套装其实很舒服，也很智能，在这深秋的时节，它会在身体周围形成一层薄薄的恒温空气层，起到很好的保暖效果。老蓝听说这衣服在夏天也同样能起到凉爽和透气的作用。尽管如此，他还是觉得心里有些郁闷，他的皮肤仿佛透不过气来。他有些想念脱光衣服在浴缸里洗澡，在湖水里游泳，想念全棉的睡衣，也有些想念他那套西装。而现在，这层不明材质的事物整天包裹着他的身体。虽然他有天空蓝的图案，但他冷静下来，觉得自己看上去根本不像斯波克，因为它包裹得实在太贴身了，身材是怎样一览无遗，甚至让人自觉羞耻。

老蓝的心念一闪，在前面的匝道下了高速道，把整个矩阵带到了湛蓝的地中海边。末端带着轮子和钩齿的六足，其性能也是好得根本无法挑剔，它们在有坡度的泥地和沙滩上行进如履平地，稳健得简直让他有些生气。

他变动了矩阵，让所有的虫体一字排开。沙滩上面还没有人，只有远处作业的两艘渔船，他望着蓝色海面的尽头，太阳的第一缕光线已经刺破了青瓷色的天际。慢慢的，橘色的一轮巨日升了起来。他打开清洁功能，自己的套装于是打开了，他在空气罩内赤裸着，让朝日的光亮抚摸自己的身体，渐渐的，他觉得身体浸润在了它那伟大、无穷无尽的力量里。

沙滩上，一个裸女走到了他的虫体前。老蓝看到她年轻优美的身躯正对着升起的太阳，她向海的方向走去，仿佛要走入那一轮巨日的里面，太阳接纳了她的身体，而她张开双臂拥抱它，又纵身钻入了那一片泛着金色光芒的海浪里面。过了好一会儿，她的头才钻出水面，金色的秀发闪闪发光。她似乎已经离老蓝很远了。

旁边的一具虫体，发出"哔哔哔……哔哔哔"的声响，六足的底端，那个聚合物的壳上闪出了红色刺眼的光线。

"欢欢！快回来！别跑太远！"罗杰向远处的那个年轻姑娘叫道。

"让她再玩一会儿吧，她还有几分钟。"老蓝对身边的罗杰小声说，同时重新穿起了白底套装。

他们只有变成虫形的时候，才能像脱壳一样，启用清洁功能打开白底套装和空气罩，赤裸着身子爬离这具 3F 的套装。他们脱离套装的自由走动，被圈定在 50 米、10 分钟内。超过这个距离、这个时间，就是违规操作，虫体会自动锁定，只有 3F 的管理人员才能来开锁。并且，当事人还将面对 3F 币清零的惩罚。

胖胖和米灰并没有离开虫体，也许他们也在看着日出。他们姐弟两人话不多，总是默默地在那里，眼中闪烁着坚毅的亮光。老蓝看到小林收起了虫体，他穿着套装背着壳，在沙滩上薄薄的浪花里转悠了一圈，然后边喝着水壶里的水，边走到老蓝的身边。

"你挑了个好地方啊，正合了欢欢的胃口，没想到你还是个浪漫主义的多情种子。"小林一说话，总是一副挑衅似的吊儿郎当样。

"哼。"

"你知道我们总是在运送些什么东西吗？"小林问。

"不知道，这些箱子又没法打开看。"

"你载物箱里，那三个棕色铝合金挺沉的箱子，应该是武器军火。几个轻的，估计有钱也有宝石吧。我那边应该有几箱毒品，他们这里还有黄金和鱼籽酱。"

"你怎么知道这些？"

"我来人虫界比罗杰还早半年，做久了，我就是知道。掂量着份量，再看看始发地、目的地、运送费用和保费的高低，我就能知道。这些东西，除了我们人虫，一般的公司也很难可以高速并且跨国界去运送。"

"好吧。"老蓝有些不以为然。

"我和你说过了嘛，进入人虫界后，因为舍弃了原来的身份，所以就不受本来国界和世界制度的约束了。我们现在更像是动物，像虫子，在 3F 公司的规则下得到了某种迁徙的自由，哼哼。"小林的语气充满了轻蔑。

老蓝无法接他的话，他不明白小林为何要这样说，难道是出于良知，或者是正义感吗？哼，他这样的人。的确，为了自由而加入人虫，这本来也许就蕴含有两层几乎相反的含义。对于老蓝，则只有确定的一个目的，他正为蜕去这层壳后新的、自由的生活在做准备。

收起虫体和全方位信息眼镜，老蓝也背着壳来到沙滩上，踩着海浪的一呼一吸，他的心情放松了少许，实在不想老听小林的话，就像魔咒一样，会激起他心里那些极其沉重痛苦的东西。他不知道小林为何对自己如此执着，为何认为自己会搭理他。老蓝觉得，如果小林对现在不满意，又何必当初，就算他曾是个迷失的年轻人，这可是他自己的选择，他的代价。

"刚下水时好冷，现在整个人都发烫了！"欢欢说着"格格格"地笑了起来，她的声音如银铃般好听，给整个海滩以活力和生气。老蓝感到她似乎是在和自己搭话，又或者是在对罗杰撒娇。

她从海浪里走了出来，赤裸着年轻的身体走过老蓝的身边："谢谢你把我们带到这里。"

老蓝诧异自己的脸居然红了，心里有股无处放置的情感如同激流破石般涌了出来，手和腿不听使唤地抖动起来。他马上蹲下身去，双手捧起海水洗了洗脸，想让自己冷静下来。可是脸上的海水马上和泪水混合在一起，苦涩的水流到了嘴里，这是一种难以忘怀的滋味，他的心里却充满了无助和羞愧。老蓝无法阻止自己，回过头去看欢欢美妙的背影，她染过的金发末端，又露出了黑色的发根。

"我是疯了吗？我一个中年大叔是有多无聊多空虚，为什么会喜欢上欢欢？她只是个无知的十九岁女孩而已。"

16. 人虫的孩子

没有想到的是，他们到了威尼斯完成最后一单时，胖胖和罗杰已经又做好了新的任务计划。几乎没有间隙，他们又在世界各地奔波起来。虽然欢欢一直在抱怨罗杰近乎疯狂的计划，但这也正好如老蓝所愿，他知道罗杰和自己一样，想要尽可能地多赚钱。而欢欢的存在，就让他非常困扰，他尽可能地避开她，她就像他的一块无法启齿的心病。老蓝知道自己得忙碌着，一刻也不能停。

再来到威尼斯，已经是一年之后的事情了。

这期间，令老蓝十分欣喜的是，他已经赚到了许多 3F 币，刚好够还清他的所有债务。其他的伙伴，像年轻的欢欢属于乱花钱的类型，她有时把 3F 币换成普通市场的纸币或电子货币，去买一些人虫根本不需要的商品，比如一大堆衣物，她根本没有机会穿的，只能放在自己的载货箱里拖来拖去。

小林的积蓄照理说应该最多，因为他比所有伙伴当人虫的时间都长，不过他老借钱给别人，借给那些和他暗中暧昧的姑娘，也不去催她们要还。就老蓝看来，小林自己才是个多情种子。

米灰和胖胖就不一样，他们比老蓝还省吃俭用，津津有味地啃着最便宜的人虫口粮，这姐弟两人实在是有点守财奴的意思，几乎一毛不拔。莉莉斯悄悄告诉过老蓝，罗杰的资产已经攀升到人虫界第 7 位，其他人也都榜上有名，大家似乎都开始有了自己的打算。比如他知道，罗杰的目的很清楚，他和自己是一样的，也开始说着恢复普通人生活的话题。

罗杰并没有急于去还清自己的债务，老蓝知道他是有计划和步骤的，罗杰和小林在暗中打探着、计划着什么。对老蓝来说，他正在很好地完成着资金积累，目前这是最重要的。但他也预感到，恢复原来普通生活这件事，肯定并不单纯，不然时至今日，怎可能没有确切地听过，谁已经做到了呢？而且到底怎样回去？3F 公司默许的流程又是什么？没人知道。所以他也没有去还自己的债务，他需要确切的情报，选择跟在他们后面是最稳妥的打算。

完成这次最后一单的送货任务已经是傍晚，老蓝急需暂停工作，一年无间隙的奔波已经快把他逼疯。罗杰居然也提出休整一下，玩上个把月，然后大家重新回到 S 市再集结。

在威尼斯的傍晚，老蓝望着城市被海水包裹着的一片片灯火，居然也有了一种度假的心情。威尼斯是个海岛城市，由超过一百多个海岛组成，整个城市建立在被海水覆盖的泥沙地表之上，也曾被叫做漂浮之都。在中世纪直至文艺复兴期间，它曾经是地中海最重要的航运贸易中心和真正的国际金融中心。由于黑死病和土耳其帝国入侵等因素，威尼斯经历了几个世纪的没落，也在很长一段时间内失去了贸易和金融的地位，但它现在已经重新成为了人虫界的重要货物集散中心、任务调配中心以及 3F 币交易的金融中心。

于是老蓝随着他们先来到威尼斯外围一个叫做丽都的外岛上，那里是一个人虫的聚集点。鲸鱼形状的内岛群上，是不允许人虫以虫的形态入岛的，人虫只能收起六足和空气罩至背后的硬壳内，以人的形态走动，而且那里完全不接受 3F 币，只能用普通的现金交易。不过内岛上的商店和生意也都愿意接待人虫，这已经和其他地方不一样。在其他地方，虽然人虫也能够兑换到普通货币，但大多数商店仍然会把他们拒之门外。威尼斯算是对人虫最友善的城市了。他们计划先在外岛进行货币交易，筹备一下才能入内岛。

丽都外岛和内岛不同，岛上是有车子行驶的，他们也可以变成人虫形态驰骋，方便到处跑。这里的大多房子和内岛一样，也非常古老，非常有历史感。和一般的人虫聚集点不一样，这里的许多人虫并不是露天扎堆而居，而是生活在一些古旧的老宅之内。

这些联排的楼房，它们的地基都很窄小，一幢小楼挨着一幢，在水面之上都是三层到四层，但一个三层宅子的面积可能才不到六十平米。有些宅子早先的底层已经泡在了海水里，这里的地基一直在往泥沙下面沉降，海平面也在不断升高。于是到了一定的时候，人们只能放弃总是浸泡在水中的底层，在对底层进行一些工程处理后，底层融入了地基，原来的二楼就成了底层，在原有的楼房上再修建新的顶层，以保持原有的住宅面积。所以，不管现在活着的人们还记不记得，威尼斯这座古城自己是拥有记忆的。

许多老宅曾经是有钱人投资的度假房，可是在越来越多的人虫涌入威尼斯后，丽都外岛都成为了人虫的栖息地，厌恶人虫的有钱人低价抛售了房产，因此有些宅子现在变得年久失修，色彩斑驳。一些人虫甚至用 3F 币兑换普通货币，用普通的货币租用并翻新这些房产。

然而人虫并没有手环和普通身份，所以无法拥有房产，其实也无法维护自己的权利，因为普通的法律不适用于没有身份的人虫。于是，他们只能没有合同，只能临时使用。这些本来自由自在的人虫，却又重新租用了房产，他们被许多人讥笑为"双壳人虫"。

然而，威尼斯这个地方却因为人虫，而再次赢得了经济地位，虽然大量交易在灰色或黑色地带进行，但并不妨碍整个城市变得越来越繁华，许多愿意冒险的普通人也在这里跃跃欲试。

走在路上，老蓝发现这里的人虫简直是密密麻麻，来自世界各国的都有。丽都岛是个对人虫极其开放的所在，他们甚至有自己的天主教堂和隐匿集市。不过人虫是无法正式经商的，所以合法的零售商店、酒馆和餐厅都集中在内岛上，由普通人经营着。

"快看，快看！好多小孩子！"他身边的欢欢大叫起来。

他们走在一个窄巷里面，两旁小楼房上，晾着许多小孩的衣服，经常有些孩子探出头来和他们打招呼，问他们来干什么。

"真不知道，这些人都在想什么！自己当了人虫，还要生孩子。"小林又是他那愤世嫉俗的口气。

是啊，这简直就是人虫界的奇观。老蓝变成人虫一年了，无论在哪个人虫聚集点，都极少见过孩子的存在。事实上，他已经一年多没有近距离见到过孩子了。他心里只能说，这些人不是极度勇敢，就是极度愚蠢，总之不计后果。

"套娃人虫，无界儿童。"小林嘀咕道。

"什么？什么意思？"老蓝问他。

"这些生了孩子的人虫，要去哪里的话，会把孩子抱着放在空气罩里，所以就被叫做套娃人虫。套娃人虫也有贬低的意思，因为要么父母一方只能放弃工作，要么带着孩子只能走短途，工作量和收入都大打折扣。"

"而这些孩子，他们是人虫的孩子，天生不被普通世界认可，没有身份没有手环。3F 公司也不是做慈善的，不会接纳长大的孩子去做人虫。一方面因为 3F 的制度，系统必须先接收普通人的手环和债务，才能给予人虫的套装，一支手环对应一副套装。另一方面，公司也不想承担这些孩子教育和医疗成本的巨额开销。"小林边摇头边用无奈的口气说道。

"原来如此，所以把这些孩子称作无界儿童，他们既不属于人虫界，也不属于普通人界，是没人要的孩子，可怜，可怜！"欢欢皱着眉头补充道。

"当了人虫之后，是注定不能有孩子的，一开始就是这样设定的。"小林说道。

老蓝默默地点了点头。逛着逛着，他有些心不在焉，想念起自己的女儿，他已经有很久没见她了。之前他拖欠赡养费，他的前妻不让他见女儿，现在他付清了所有赡养费，可是自己却来到了人虫界。他发现梅根或多或少地骗了他，她对他说进入了人虫界，人也还在原来的世界，可是其实自从他穿上了套装，他已经离原来的世界越来越远了。

他沉浸在自己的思想中，不一会儿就和伙伴们走散了。等他抬头环顾四周的时候，发现自己已经不知不觉地来到了一座古老的罗马天主教堂里。他望着五彩缤纷的窗花，看见教堂尽头被钉在十字架上受难的耶稣木质雕像，已经根本想不起来自己上次来教堂是什么时候了。不过，他本来就是一个无信仰者，他没有接受过洗礼，他不做弥撒，不唱圣诗，从不祷告，也不忏悔。

"即使我对于那些天主教徒是不开化的，可这座教堂至少可以包容我这个人虫渺小的形象和探知的视线。听说，他们的主是博爱和包容的。"老蓝心想。

教堂的内部和一间摩登玻璃侧室相连，其内传出人声，他闻声望去，原来是两个信徒在对一群小朋友说话，也许是在布道。侧室门的上方是圣母的木雕，她慈爱地抱着婴儿时的耶稣。那两个信徒并不是人虫，而是普通人的样子。

"…… 你们是上帝的子民，主对你们是一视同仁的。"一位信徒对孩子们说道。

"可内岛上有手环的孩子说，我只是虫子，因为父母是虫子，不是人。"在信徒边上的一个女孩说，老蓝觉得她可能和自己女儿是差不多的年龄。

"许多人用人虫这个词，我不太愿意。这个人群是我们的科技和社会发展到今天的产物。也许你可以这样想，你的父母不是普通人，而是被赋予使命特别的人。"信徒回答。

"可他们明明就是普通人呀，只是穿上了那白色的衣服和壳，有时假装扮作虫子的样子而已，他们是假装的！"女孩大声说。

这个女孩长大后，会是个怎么样的女人呢，老蓝想。

17. 威尼斯的千层面

"你不会还是个天主教徒吧。"

"不，我不是。"老蓝走出教堂，遇到了靠在教堂大门旁墙边的小林。

"我想也不是。"小林对他颇含深意地笑了笑。

"其他人呢？"老蓝转移话题，不想和小林探讨自己的事情，他知道小林老想往那些话题上引：他为什么要变人虫啦，自己又对现在看到的不公发出怨言啦，诸如此类。老蓝觉得，这就是年轻人轻浮、愚昧和无知的地方，老盯着这些消极面能有什么用！乘早多想想怎么管好自己的事。老蓝自己的目标很明确，就是为了钱，就算别人觉得低俗也好，那也是他自己的事情，没有必要拿出来供人品评。有人说他麻木也罢，他就是要麻木自己，他现在蛰伏的状态只是暂时的。

"米灰和胖胖姐弟两个去补给了，他们明天还有任务，不和我们一起休假了，几周后回 S 市再和我们汇合。罗杰带着欢欢上内岛吃千层面去了。"

　　老蓝听出小林的语气有点寂寞，便问道"怎么不是你带欢欢去呢？她不是你的女友吗？"

　　"欢欢和我的关系并不像你想象的那样，我们的关系和你讲不明白。你真是后知后觉，她本来就很喜欢罗杰，现在她是大哥的女人。"小林嬉笑着说。

　　"我完全不知道啊。"老蓝是真的不知道，这几个月他都在拼命回避着欢欢，根本不敢见到她。

　　"哼，你不知道？你不是出任务时经常戴着你那副全方位信息眼镜嘛，随你怎么说吧。"

　　"那这样没关系吗？不影响你和罗杰的关系？"

　　"我没事，完全不影响我和大哥的关系。"

　　"你为什么要跟着罗杰，你比他资深，也比他更聪明。"老蓝转移了话题，不管小林怎么辩解，他觉得小林可能还是爱欢欢的，不然他不会寂寞到来找自己这个大叔，而且小林从来不缺女人，之前又何必老跟欢欢粘在一起。

　　"我觉得跟着他，可能会找到一种人的共性吧，不管这种人性是在他身上还是在我身上。他虽然格局不大，但总是知道自己接下来该做什么，并且怀抱热情去做，所以吸引了我们这些人在他身边。"小林回答得很认真。

　　老蓝却对他的回答有些失望，罗杰年长些，也的确有些能力，但罗杰有小林所说的那么高大吗？老蓝从不觉得。"而且罗杰的想法不就是和我一样吗？"他思索着，有些不太确定，他觉得可能自己对罗杰的了解过于肤浅，也可能他和罗杰是站在同一个高度思考，所以无法越过罗杰的高度去看待问题。

"说点轻松的，讲到千层面，我也很想吃，你想一起去内岛逛逛吗？"

老蓝问完，心里马上意识到："我是在对小林感到抱歉吗？还是说因为我们都憧憬着同一个女孩而同病相怜？"他讶异自己此时此刻竟在向小林示好。

"人虫口粮吃多了，的确想换换口味，走吧。"

他没想到小林居然答应了，他们两个男人去 3F 币兑换的服务点换了些纸币和硬币，上了摆渡站点的客船，往内岛开去。

老蓝在船上就看见了圣马可大教堂的穹顶和塔楼，它们在夜晚的灯火中闪烁出金色的光芒。遥望着，他似乎看到了教堂穹顶上的天使和圣马可飞狮的金雕，想起自己在几年前来过威尼斯，当初就是带着一个舞女来到这历史古都，单纯到这里来度了几天荒淫假日而已。他有时对自己曾经的荒唐和无聊感到愧疚，那种空虚和堕落亵渎过这座古城，然而此时的他，他作为一个人的核心部分，还是想义无反顾地回到那种生活中去，他不确定这是不是一种堕落病，一种生在了灵魂上，无法治愈的病。

摆渡船开得很快，旁边黄嘴白翅的海鸥仍然轻盈地划过运河水面，掠过他们的船身，轻易地超越到了他们的前方。老蓝觉得，也许它们才是真正自由的，飞向任意的远方，或是闲适地驻足在天使雕塑金色的翅膀上面，俯瞰着一艘艘船上的过客们。它们在上面，世代凌驾于这座城市之上，仿佛才是这个漂浮之都的主人。

直到船靠岸，身临其境，他才重新回想起了这座拜占庭风格大教堂和圣马可广场的宏伟，眼前的实物与他的记忆霎时重合后，他完全折服于这座伟大城市的历史和美丽之下。

他和小林顺着圣马可广场的东侧，往内岛最中心的地带走去。广场上面，有许多人虫在那里，他们都穿着白底的套装，背着壳，用人虫口粮在喂着鸽子，表情都显得很是满足。

内岛的运河分布得密密麻麻，有数不清的各种模样的桥和小型的广场。走了一会儿，老蓝在一座桥头前的小广场驻足。广场上有一座圣马可飞狮金雕，在栩栩如生的金雕下面，卧着一个乞丐，他钻在了一个破旧的睡袋里面，睡袋上面破了洞，他冷得瑟瑟发抖。老蓝虽然只穿着薄薄的一层白底套装，可却根本没有感到冷。他从兜里拿出一枚 1D 货币的硬币，扔在了乞丐面前的小塑料杯里。

乞丐道了声谢，抬起头来看到了他，然而乞丐疲惫麻木的眼神马上闪出一层凶悍，没想到他马上从杯子里掏出那 1D 货币，往上面狠狠地啐了一口唾沫，然后扔到了一边的石板地上。

"Fuck yourself, you fucking bug man!"他对老蓝大声吼道。

老蓝怔在原地不知所措，看着这个乞丐凶恶的脸，琢磨着想要骂他一句还是揍他一拳。就在他迈开步子时，一旁的小林捡起了那枚 1D 货币的硬币，小林在自己的裤腿上擦了一擦，然后放到了自己兜里。

"喂，别要啦，恶心不恶心啊。"老蓝想到那硬币上沾到一大坨乞丐的唾沫。

小林淡淡地看了他一眼说："这枚钱并没有错，是我们的狭隘玷污了它的价值，它不该受到这样的对待。"

老蓝一时语塞，没想到小林居然会说这样的话。

"走，去那边，那个街角的饭店看上去不错。"小林边说边往前走去。

老蓝跟着小林来到了一个昏暗的餐馆，这个馆子很大，每张桌子的上方都悬着一个钨丝灯泡，泛着暗红色的光，这让他感觉有点梦幻。餐馆的中央还搭起了舞台，可供乐队表演。小林选了个角落的位子坐下，他让侍者拿来酒单菜单，随后点了一瓶2038年托斯卡纳产的红酒，这是产自当年的新酒，当然还有他们想吃的千层面。

酒上来后，侍者先在他们的高脚杯里分别倒上一口，让他们品了一品，看两人都点了点头，才帮每人倒上半杯。这酒泛着红宝石的光泽，老蓝虽然遗失了嗅觉，但能很真实地想象这酒的酒香味果味十足，配千层面肯定绝佳，就这样喝着也很不错。再说老蓝都不知已经多久没喝过好酒了，嘴里尝到酒味，他心里立即松弛了下来。

他们两人都一言不发，有些焦急地等待着千层面。老蓝已经看见了邻桌一桌子菜，他想象着那些菜的香气，感觉自己嘴里的唾液分泌过多，一口口往下咽。过了好一会儿，千层面总算端上来了，还有一小筐带脆皮的拖鞋面包片。面被装在白色的碗里，份量看上去不大。上面的奶酪被烤成了焦糖色，老蓝知道，这奶酪与中间的番茄沙司、牛肉糜和罗勒等香料一定正散发出勾人食欲的香气，千层面的边缘还讲究地撒上了一些松子。

小林在千层面上淋了一些橄榄油和几滴塔巴斯科辣椒酱，用叉子分割下几乎四分之一的面，放在嘴里大口咀嚼起来。老蓝也像他这样照做，面入口，他感到自己的肚子更饿了，简直饿瘪了。一阵番茄沙司的酸甜味过后，他能想象牛肉油脂的香味、松子和香料的香气就冒了出来，想象力刺激着他的唾液疯狂分泌。面片是有点嚼劲的，他很肯定吃到最后会麦香四溢，这里面肯定混合了斯佩耳特小麦，这种小麦富含麦麸，非常适合焗烤。

两人相视一笑，都高兴起来。小林召来侍者，又点了一瓶红酒。

"我说，我知道你想要回去普通的生活状态，其实我知道他们都免不了有这种想法。"小林咽下最后一口面说道，一边用面包片刮着碗里剩下的酱料。

"哦？你自己呢？"老蓝也吃完了面，继续喝着红酒，他觉得这酒入口很顺，但已经上了头。

"我的事你不用关心，你只需知道我会支持你们实现愿望，还有欢欢和罗杰的事，你们想要的事情，我都会帮你们。"小林说得很诚恳。

老蓝觉得自己对小林还是太不了解，也许他永远无法明白他的思想。不过他确信了小林仍然爱着欢欢，现在他是真的对小林感到抱歉，甚至觉得他很可怜，可也说不出什么安慰的话来。

过了好一会儿，老蓝吃完了面包片，看了小林一眼说道："那你知道该怎么摆脱人虫的命运，重新获得普通人的身份了吗？"

"也许吧，我已经花了两年的时间搞清楚，有些困难，因为无法查证有人的确去尝试过，到底怎么试。还有更进一步的问题，别人尝试后的结果，我们也无从知晓。"

"无法查证，无从知晓，这怎么说？"

"感觉这事情，就像这千层面，一层层黏在一起牵扯不清。"

"说来听听。"

18. 自由爵士

"刚开始的时候，我们身边根本没有人想过要脱离人虫界，重新回到普通生活中去。大多数人虫都是年轻人，本来也都过得不好，都是放弃了那边的身份，他们进入人虫界是为了活下去，也算是一种最后的自主选择吧。比如米灰和胖胖，他们当初是已经快要饿死了。"

"哦，我倒不知道这姐弟俩那么苦。"

"但罗杰的出现打破了这个现状。他坚持利用人虫金融能够变得富足，是重新回去普通生活的手段。不过即使是他，也只是停留在这种理论上，因为 3F 公司从来没有开通过官方渠道，告知到底怎样才能回去，也没有发布过官方数字，到底有多少人回去。"

"的确。"

"传言很久以前，刚有人虫界时有人去找 3F 公司的管理人员清算，要归还所有债务，并向公司申请恢复普通人身份，但这些人都没再回来，也没人可以查证，查不到的。还有人说，在遥远的地方看见过以前的人虫伙伴，只是已经大摇大摆地变成了普通人，可这人却不再认得以前的人虫同伴。"

"这听上去很恐怖啊。"

"那当然，所以我打探下来，近来根本就没听说有人申请了。不过罗杰不死心，他提出一个疑问，一个理论设想。有一个 3F 币资产前一百名人虫的排名，你知道的吧，这个排行榜其实是我们创建的工具，可以用它来观察和验证一些事情。我们让这个排行榜流行起来，并通过关系让 3F 公司认可，让排名越靠前的人，越能拿到收入丰厚的任务，3F 认同这个排名的用意也是刺激大家努力工作赚钱。"小林为他们俩又倒满了酒。

"我当然知道排行榜，罗杰现在排第 7 位，你们都榜上有名。"老蓝回答道。

"你有没有观察过这个排行榜，我们观察了两年。"

"我有时会看看，但你具体是指什么？"

"排名会经常变动嘛，有的人升上来，就有人降下去，这本来也很平常。但也有过一种极少见的情况，就是原来排名很高的人，突然一下子就从榜单上，甚至从人虫界完全消失了。"小林凑近老蓝小声说道，"你想，这是为什么？"

老蓝想了想，回答道："从榜单上消失，也许有两种情况。第一种他脱下 3F 套装，并且违规操作了，脱下套装超过时限和距离，于是按规定资产就被突然清空。第二种是他穿着 3F 套装，然后人死了，套装在监测到人失去了生命体征后，系统把他的名字从榜单上删除。"

小林摇了摇头说道："前一百名榜单上的人，除了欢欢，几乎都是执念于资产的人，违规操作这种低级错误，我们觉得不太可能，而且这也不能解释此人完全消失。的确有传言 3F 公司自己雇人杀死那些高资产的人虫，不但接纳了他们的资产，又能得到保险公司的赔偿，不过没有确凿证据，即使有证据我们也根本拿不到，拿到了也没人理我们。但是，如果死了的话，那这个人的确就会从 3F 的系统里被清除。"

"对。"老蓝点点头。

"不过也不能排除还有另一种情况，也就是我们的理论：这个消失的资产所有者，既没有死，也没有违规操作，而是离开了人虫界，于是系统把此人等同于已死，然后删除了。"

老蓝琢磨了一下："但这不也只是一种没有证据的臆测吗？"

"没错，唯一的办法，就是自己去尝试一次才能确认。难点在于搞清公司默许的方式下，我们如何保证成功，而不是被消失被谋杀，这就需要足够的情报。"

"我们有吗？"老蓝的心扑扑直跳。

"就在几天前，我得到了一个秘密的信息，从 3F 系统高层管理人那里得到的。"小林说着，打开自己手臂上的小显示器，靠近老蓝的面前。

显示器上只写着很短的一句话："萨魔亚赌场 VIP 俱乐部游戏。"

"这个消息其他人知道吗？"老蓝望着小林的眼睛问。

小林也看着他的眼睛，缓缓地说道："从这条消息里面，你看到了什么？"

老蓝边思考边说："关键在三个点上，萨魔亚是地点，是南太平洋上的群岛，并不难找。赌场 VIP 俱乐部是进一步的地点信息，也是一个新的线索，我相信那里有 VIP 俱乐部的赌场并不多。最后就是游戏，与赌场相关的话，那就是一个赌局？"

"很好！"小林拍拍他的肩膀继续说道："我这几天用我以前的人脉研究过了，我现在觉得这些信息也许够了，你仔细听着。"

老蓝点点头。

"萨魔亚群岛上只有一个大赌场，这个赌场属于一家博彩公司，而这家博彩公司的母公司叫做万世控股。那么现在猜猜这个万世控股的股东里藏着谁？"小林诡异地笑着，瞳神里像是闪着火光。

老蓝毫不犹豫地回答："有 FFF 科技公司。"

"Bingo！股东名单上，有超过十家公司协同持股，不过这十几家公司没有一个叫做3F公司，但是嘛，这是表面上，稍事调查的话……"小林看着自己手臂上的小显示器说到："我随便念几家公司的名字给你听：东太平洋创新科技公司、远东资本、富国人寿，富国银行，S市控股有限公司，哼哼，欲盖弥彰。"

"怎么说？"

"东太平洋创新科技公司最明了，它其实就是 3F 公司 100% 持股的子公司。远东资本 ……"小林顿了一顿，深深叹了一口气，"远东资本是个跨国投资并购私募基金，它以交叉持股的模式壮大，往它的下面挖三层，居然在第四个层级上发现了 3F 公司，这个基金来头巨大，因为它可是持有着 3F 公司以及其股东公司的部分股权，后面有浓浓的政治味道。富国人寿是个保险公司，它居然也是 3F 公司的股东，富国银行也是一样，分别占股 5%。再比如 S 市控股，却是往上剥三层，可以发现 3F 公司控制了它的母公司超过 40% 的股权。"

"像蜘蛛网一样阴险，太阴险了。"老蓝的内心翻腾起来。

"萨魔亚群岛，隐藏的股东们，能让你闻到什么味道？"

"洗钱、犯罪、政治操控、暗势力。"老蓝回答。

"嗯，很好，这样你能看见的事情就慢慢明朗了。"小林盯着老蓝说道。

老蓝可能喝了太多的葡萄酒，头有点晕了。

"还有一个最关键的前提，我被告知，萨魔亚群岛接纳任何赌徒，甚至暗中接纳洗钱的影武者，但是却不接受 3F 币，也不允许任何人虫进岛。"

"这前提不就等于排除了我们的一切可能吗？获得前面那些情报又有何意义。"老蓝有些想不明白。

"像你这样的普通人总是用直线思维想问题，也很健忘，但魔鬼的游戏从来走的是曲线，甚至如同迷宫般复杂才能把人绕进去。"小林说着，不慌不忙地从他白底套装的兜里掏出了老蓝刚才给过乞丐的 1D 货币硬币，"直到刚才，作为人虫的你，抛给那作为普通人的乞丐 1D 货币时，我差点以为你终于开窍了。那个乞丐羞辱你，因为他觉得你在羞辱他，这样说有点奇怪不是吗？但是你能不能最终想明白？答案正是这个。"他右手的拇指和食指夹着硬币，在老蓝面前晃了一晃。

老蓝在他的眼睛中寻找答案，仍然不明所以。

"你要寻求这场游戏的结果，是为了得到自由，对吧。这个前提，应该就是第一个游戏规则，它不就是在变向提醒你，要获得自由，就不能再以人虫的身份去思考问题嘛。"

老蓝的脑中灵光一闪，顿时明白了过来："是啊，如果脱下 3F 套装，并且在此之前就把 3F 币资产转换成国际货币 D 货币资产的话 …… 即使系统把我们的 3F 币清零 ……"

小林凑近他，盯着他的眼睛不住点头："很好，你终于开始曲线思维了，就是这样。我又拜托人打听了，加入赌场 VIP 俱乐部的前提，是每人需要先支付五百万 D 货币的押金，然后才能加入赌局。"

"原来如此，按照现在汇率一个 D 货币相当于七个我们 S 市的本地通用货币，一个 S 市本地货币相当于十五个 3F 币，这个入场费每人要五亿多 3F 币，那我们还缺不少钱呢。"老蓝也不住地点头。

"但既然清楚了方向，就知道该往哪里去投钱。我连怎么去萨魔亚都查好了。"

"有你真是幸运。"老蓝不禁佩服小林的情报能力。

"我们现在就在威尼斯，接下来的日子我会在这里进行一系列的金融交易。"

小林说到关键处，大量信息让老蓝心惊肉跳的时候，餐馆舞台上方的射灯亮了起来，老蓝的注意力被吸引了过去。

钢琴师首先开始了几段和弦，贝斯手和爵士鼓手随之加入了演绎，几个小节后，小号手也跟着已经演奏的乐曲氛围，自由地吹奏了起来。这是自由爵士的即兴发挥表演。老蓝喝着葡萄酒，身体也享受着音乐的节奏和旋律开始摇摆起来。

小林坐在那里，他的身体似乎僵住了，一动不动地望着舞台上。

悠扬清莹的女声，随着乐曲的感觉开始哼起了音调。几个小节的铺垫之后，她开始歌唱，歌声是如此优美又充满着力量，这力量一下一下地打在老蓝的心坎上，简直让他窒息。

她唱道：

"昨天，他在我的身边，在这个世界里，年轻的小伙子看见满地的财宝，他很庆幸；我看见他的心，里面闪烁着黑色和白色的火苗，多么美妙。我想给他我的爱，这是多么值得高兴啊，so, life is just fine.

今天，他不在我身边，是他把我弄丢了；啊，他心里的颜色变了，白色混和黑色是灰色，灰色是如此哀伤；但生活，生活仍然给我时间。I could wait! Perhaps I need a drink.

明天，还会有多少哀伤？ Life is like one strange loop, one strange loop!

寻觅，更好的起点，他在原地快乐地转圈，又悲伤地落泪。可是，他又何尝知晓，知晓自己已经站在终点，所有的生命被确定的终点，oh，oh，life，life is just like one strange loop!"

老蓝定睛一看，舞台绚丽的灯光下，歌唱的年轻姑娘穿着纯白的人虫套装，她不就是欢欢嘛。

19. 硬毛猎犬

她的歌声具有魔力，魔力把老蓝越推越远。

他觉得自己远离了餐桌，远离了小林，被推向餐馆的另一个角落，甚至整个人嵌入了墙角里面，身周的一切如同过眼烟云，抓不住真切。他看见小林模糊的脸廓。咦？他的脸到底是长什么样子？老蓝闭了闭眼，努力睁开眼睛，却看见一片一望无际的玉米地，玉米秆子和线形叶子是翠绿的，成熟的玉米是柠檬黄，小林以人虫的形态伏在玉米地里，他的空气罩坏了，人的四肢张开着，背后壳里的六条虫腿也张开着，十条腿都无力地趴在地上。

老蓝的心里一阵悲伤："我怎么了？小林怎么了？他是不是像我一样，也在心里偷偷地哭泣？"

他的前方是一个男人的背影，男人穿着人虫的白底套装，斯波克蓝的几何图形，套装的背后是一幅鲜红骷髅。罗杰？老蓝看见欢欢笑着从舞台上走下来，他发现她的脸和五官好精致，整个人闪着亮光，好像一个白衣的天使，翩翩然走向那个男人的背影，她的长发又染回了黑色，就和她本来的发色一样。欢欢俯下身去与那个男人热吻，足足有一分钟。老蓝胸口中的情感澎湃起来，如同巨浪般打得他头晕目眩。

欢欢拉着罗杰站起身来，他们跑出餐馆的大厅，很快消失在厨房后面一个过道的深处。老蓝转过头，忽然看见一条棕灰色的硬毛大猎犬从餐厅的门外窜了进来，猎犬也向厨房后面一路小跑而去。不，别去，别去了，老高！

"老高！"老蓝如梦初醒般惊觉。

他也冲了出去，可是老高已经没有了踪影。他来到厨房后面的那个过道里面，过道里异常安静，什么声响都没有。过道幽暗的末端，那个小仓库的门内透出白色的亮光。他屏住呼吸，向这道亮光走去，到了门前，木门居然应着他的脚步就自动打开了。

老蓝看见两具人虫白色的虫形躯壳，躯壳的空气罩打开，里面的套装里是空洞的，两个聚合物硬壳的下端都闪着红色的光线。他看见一男一女赤裸的肉体，他们一同躺在仓库的稻草堆上，互相亲吻爱抚缠绵。

老高横卧在罗杰的一侧，罗杰腾出一只手来摸摸它的脑袋，示意它去仓库外。老高很听他的话，它冲着门口跑过来。老蓝只一眨眼的功夫，它已经跑去了过道外面。

"老高！"老蓝一边大叫，一边追着它，一路往餐馆的外面跑。他看到餐厅角落里的小林，他孤身一人默默地喝着酒，根本没有看见老蓝，也不在乎他的离开。

老蓝追着老高，一路跑到圣马可广场边上的摆渡船站点。一艘摆渡船上的船员正敲出最后离站的铃声。船，渐渐驶离了船坞。老高纵身一跃，在最后一刻跳入了摆渡船里，它在船的边缘站稳，回过头来吐出舌头看老蓝，并对他"汪汪汪"地狂吠。老蓝确定自己没有看错，它就是老高，"老高怎么了？为何在这个地方？它干嘛对我那么凶？不行，它年纪大了，不能这样自己随便乱跑。"

老蓝多么希望是自己看错。

他搭上下一班的摆渡船，重新回到了丽都外岛，不过到处都找不到老高。"到底是怎么回事？老高和老高应该在家呆在他们的院子里才对！"他的心里万分焦躁，在岛上的小巷子中狂奔着。在丽都岛的边缘，他变成了人虫形态，开足马力，不管怎么样，他都要先回家去看看。

他在公路上疾驰，人虫能跑多快就跑多块，他穷尽这只人虫的所有机动力，大把大把地给它喂人虫口粮，直到它再也吃不下去。有时候它跑到了时速 300 公里，于是，空气罩外所有的事物都变成了无数的直线，各种色彩的线从他的身边划过，被人虫抛向他的身后，又在遥远的后方汇聚成一点。

白天和夜晚，阳光和黑影，它们在空气罩的外面交替着、交融着，时间对老蓝来说，已经变得微不足道，现在的他甚至可以操控它，想让它流逝得快点、慢点，都随他。时速 300 公里，这个世界都是他的。感觉只是不一会儿的功夫，他已经看见了 S 市的摩天楼群，他马上就要到了！

老蓝顺着匝道飞下高速道，在熙熙攘攘的马路上左突右闯，人们朝他怒吼，汽车向他恶意地鸣笛，可是透过他的空气罩，所有这些只是另一个世界的景象，他不再需要有所顾忌。他窜入那片被轻轨分割后孤立的小林子，穿过这些再也无人问津的冬青和松柏，再越过前方的轻轨轨道，那里就是他的城市别墅了。

在几颗十分茂密的冬青乔木下，隐匿于冬青灌木中，他看见了曾经和小陈、老高讨论过的四个白色的人虫。老蓝收起人虫形态，背着壳靠近它们，近看才知道，它们一定已经在这里很久了，几乎已经被落叶和尘土所覆盖。但他仍然可以看见虫的尾部，那个聚合物的硬壳，从硬壳里伸出的六条腿都陷入了泥土里面，硬壳下端伸出的软质聚合物材料成为虫体的腹部，硬壳上端的空气罩都关闭着，调成了不透明的暗色调。为什么这几个人一直都在这里？

"嗨，兄弟姐妹们，你们没事吧，需要帮忙吗？"

老蓝喊着走上前去，拨开最靠前一只虫体上的尘土和落叶，敲了几下空气罩。可是没有任何动静，没有人回应。正琢磨着想要离开，他看见面前这个人虫的一条后腿根部，在与聚合物硬壳交接处，就在尘土的覆盖下，隐约透出鲜红色的图案。他的意念闪动，心里立即恐惧起来，巨量的冷汗从他的后背渗出来，他站在原地，久久地伫立在泥土中。他觉得鼻子里钻入了冬青树叶子的清香，猛吸一口气却什么也没嗅到，只有脑袋里嗡嗡直作响，为什么？为什么它会出现在这里？

鼓起勇气，老蓝拨开那已经被风干的泥土，是一幅鲜红的骷髅像，骷髅红得发紫，仿佛马上要渗出鲜红的血来。"这不就是我们骷髅队的标志？"他仔细端详着这个人虫，没有错，这正是罗杰的套装！他的呼吸急促起来，用发抖的手抓起一块石头靠近空气罩，一下一下奋力在空气罩上砸出一个口子。空气罩里，只有一套空洞的白底套装，斯波克蓝仍然如此显眼，套装上还有斑驳的黑色，很像是血迹，它就像一具被蜕下的虫皮。

为什么！为什么你们会在这里！

老蓝的心中充满了惊恐，冲向前去，他砸开了所有四具虫体的空气罩，里面仅仅是空洞的虫皮！他用双手疯狂地抹去虫体上的枝叶和泥土，甚至掀翻了两具，认出了所有的四具虫体，罗杰、欢欢、胖胖还有米灰，唯独没有小林。他思考着，这怎么可能？绝不可能，他们不都还在威尼斯吗？他通过莉莉斯发出信号呼叫他们，可是根本没有任何动静，他发出的信号如同石沉大海。

他静止了很久，直到天色开始黯淡下来，头顶的天空中来了一大群椋鸟，也许有数万之众。在秋冬的日子里，这个渺无人烟的地方经常会看见椋鸟群。它们密密麻麻地聚在一起飞舞，有一种无形的力量，让每一个个体都与周围的个体紧密地相连，它们变成一团黑色的、充满生命的大云雾，不断快速变换着形状。它们有时像一座金字塔，有时像一张黑色的魔毯，有时就像是一只飞驰着的人虫，完全无法预料。它们发出"莎啦啦啦、莎啦啦啦"的诡异声响，如同在空气中对着老蓝低语。他这才想起自己是为何到了这里，这才迈开步子，往城市别墅的方向跑去。

"老高！老高！"他还没跑进院子，就呼唤起他们，平时老高听到他的呼叫声总会摇着尾巴跑过来。

院子里，老高和老高的帐篷还搭在那里，青葱长得很好，杂草也除得很干净彻底，但是老高和老高并不在这里。

20. 对峙

他冲进并未上锁的大门，老高和老高既不在底楼的过道里，也不在二层他的房间或者厕所里，他的心里一阵慌乱。老高和老高能去哪里！

"小陈！小陈，老高和老高呢？"

老蓝跑上了三楼，不等小陈回答，他就粗鲁地推开了门。房间里没有开灯，厚厚的被单被当作窗帘，把几个窗户塞得严严实实。傍晚时分，这里已经像是一个人造黑洞，甚至把他身后的几缕光线都吸了进去。事实上，它把老蓝带来的光、气味和声音都吸走了，只有小陈一个人背对着他，寂静地坐在他的小桌子边上，也许正在画着什么，他似乎用白色的浴巾遮盖在头和肩上，老蓝根本看不清他的样子。

"你在干什么？为什么不拉开被单或打开灯？"老蓝大声问道，生怕自己的声音无法传到小陈这边。

"要你管！"小陈的声音显得很是烦躁。

老蓝有些吃惊，一向对自己非常客气的小陈，为何要这样与他说话。他降低自己的音量，再一次问道"老高和老高呢？"

"走了，你走了就走了。"小陈狠狠地说。

"怎么可能，你骗我，老高从来没有出去过，他一紧张就会拉肚子。再说我走了一年，院子里的青葱还都好好的有人打理。你又从不离开这个房子。"

"那你几时放我出去呢？你什么时候才能放过我！"小陈恶狠狠地说。

"什么？你胡说些什么？"老蓝有些生气了，不知这小陈到底是不是整天窝在房间里，脑子霉变得了病。

他打开了顶灯的开关，小陈房间里的顶灯就是一只简陋孤独的白织灯，散发出极为可怜的微弱亮光。他模模糊糊地看见了小陈的房间里面，掉在地上的、散落在床上的纸，甚至直接画在墙面上的，全都是一些奇怪的公式和图表。

"你到底在做什么？你这画的和写的到底是什么？你的漫画呢？"他觉得小陈不对劲。

"哈哈哈，啊哈！可笑啊，可笑！我在做什么？你心里难道不清楚吗？我在计算着未来啊！你看，各种选择，各种机会成本！不同选择会出现的不同收益！算来算去都不太理想，不太好，你没看见吗？"

"什么？"老蓝的声音在颤抖，心里充满惊惧，他真的被小陈吓到了。

小陈苍白地干笑，他忽然转过身来，一下子拉掉了自己头上罩着的浴巾。但是他的脸上满是络腮胡，且蒙着一层灰色的阴影，于是，他的两只眼睛变得炯炯有神，充满着强大的力量。老蓝整个人僵直，被小陈的瞳神凝固起来，他一下子看得很清楚，这双眼睛是见到过的，它们是这么熟悉。罗杰！

"你，你怎么长成这个样子？"

"那你觉得，我应该长什么样子呢？你好好地想一想啊。你有正眼看过我吗？"

"你……你"，老蓝的冷汗一定流到了底裤里，痒痒的，双腿不住地抖动，他忍不住往后面退了一步，站在了门外的小过道上。他感到这简直太可怕了。

"对了，你说对面林子里那几个虫壳在那里有段时间了，到底多久了？到底多久了？"小陈双眼盯着他问。老蓝能看见阴影下，他在满脸的络腮胡里露出一种诡异的冷笑。

"天哪！"老蓝吓得无法直视他的眼睛，立刻拔腿就跑，一口气已经跑出了院子。

外面的天色已经完全暗了，他无法辨认方向，只是拼命地往前跑去。他越过轻轨轨道，穿过那个孤立的常青小树林，好不容易才看到了一条马路。他往天空中跃起，看见那一大群扰人的椋鸟仍然在天空中，在城市灯火的照射下不停飞舞着、低语着，他的六条足从聚合物硬壳中窜了出来，空气罩翻了下来，虫体带着他上路飞驰而去。

他漫无目的在路上，也不知道自己要去哪里，总之先离开这里，越远越好。他再也不要去城市别墅了，必须忘记它的存在，忘记小陈，还有老高和老高，他们都疯了。这么想着，老蓝暂时又有些安心下来。等他再睁开眼睛的时候，天已经蒙蒙亮。莉莉斯根本没有经过他的指令，她已经自主进行了定位，虫体一直就开启着自动驾驶，她正带着老蓝往同伴的方向行进。自从变成人虫以来，老蓝就不知道是自己在做决策，还是说莉莉斯在引导他，也好，就这样吧，虽然自己的心中仍然充满了不安。

他看着空气罩外面的风景往身后飘去，虫体里面却异常安静，就当他开始有些忘记这些莫名其妙的经历时，他发现虫体开始驶离高速道，它飞快地进入了乡间小道，前方有一片没有边际的玉米地。

"不会，不会的，她不会把我带到那个可怕的地方"，老蓝的心里默念。

虫体在玉米地里轻盈、迅捷地穿行着，他被玉米秆的海洋所吞没，前后左右都是碧绿的玉米秆子、带线型的绿叶、淡绿的雌花序和黄色的玉米棒。他不停地用食指点着手臂上的小显示器，想要结束自动驾驶，手动操控虫体离开这里，但是根本无济于事。莉莉斯根本不听他的使唤了。

"对了！我可以求救，可以打给小黄，她可以帮我叫人帮忙啊！就快要出事了！小黄是很靠谱的朋友，也许能告诉我该怎么做。可是，我没有手环啊，而且，她手环的呼叫密码是多少？"

已经没用了，因为老蓝已经看见了，罗杰和欢欢躺在那里，他们穿着白色套装，身体下面垫着玉米秆子，他们又拥吻在一起了。欢欢的表情是如此投入，罗杰微笑着抚摸她的脸颊。

"变回普通人后，你要干什么？"欢欢看着罗杰的眼睛。

"傻姑娘，我们还没攒够钱，而且也不知道公司最后会给我们出什么难题呢。"罗杰一本正经地说。

"你就说说嘛，万一很顺利呢？"

"用带过去的钱再创业吧。"

"你会带上我吗？会一直记得我吗？"

就在这时，不远处响起了呼喊声，是小林！

他不停地大声喊叫："快走！罗杰！欢欢！快逃！人虫杀手！"

老蓝寻声而去，"小林，我来了，我来救你了！"他看见罗杰也变成了人虫，在他的身后飞速赶来，他的身后跟着欢欢。

"欢欢，你别过来！"老蓝对她叫道，可是欢欢不理会他，径直往小林叫声的方向疾驰。

是猎枪的声音，应该有四个人在开枪，他们不停地装填子弹、瞄准、射击，枪声的回响在空旷的玉米地里延绵不绝。

"人虫！滚出来受死吧！这里是私人领地！偷玉米的贼！"老蓝知道这些人会毫不犹豫地杀死他们，在自己的领地杀死人虫不用承担后果。

他的六条腿向前跃起，看见欢欢飞速前行，她的前方就有一个男人，男人穿着蓝色方格的外套，看上去是个普通的农夫，他拿着一把猎枪正在瞄准她的空气罩。

"呼！呼！"男人的猎枪可以连续发出两粒子弹，老蓝的呼吸停止了，睁大眼睛，他甚至能看见子弹朝着欢欢飞了过去。欢欢收起了虫体，不过她的身体仍然向前飞去，她的双手握拳似乎想要击倒这个农夫。罗杰就在前面，他的虫体张开六条腿，把欢欢接住后扑倒在地。罗杰用虫体遮挡住她，而他们身后，小林为罗杰挡住了子弹！

小林的空气罩碎裂开，子弹打在他的胸口，他的嘴里流出大量的鲜血。可是他操控虫体，虫体的后腿抵住了子弹强大的冲击力。他扯开已经坏掉的空气罩，大声怒吼着。啊！他用尽全身力气，以十条腿扑向了那个开枪的男人。他像是一头巨大的、正凶猛捕猎的白额高脚蛛，而那个男人瞬间就被他的前腿击倒了，无力地躺在了地上，显得如此弱小。小林的速度飞快，他在玉米地里狂吼着，那些男人惊恐地呼救，他们逃跑了，但没有用，一一都被小林击倒。一阵扫荡后，小林的身上沾满了鲜血。再也没有枪声了，也没有任何其他人的声音打扰。

21. 最早的时候

小林重新来到了罗杰和欢欢的身边，他的身体到处渗出血来，白色的套装变成了深红色，他的四肢垂了下来，只有背后聚合物壳内的六条虫腿支撑着他的体重。小林的脸上还挂着他那玩世不恭的微笑，他俯身扑向地面，十条腿于是也都舒展地张开了，他绵软地伏在了地上。

"怎么样？我早就想这样试试了，是不是像一只吃人的蜘蛛，挺可怕的吧？"小林还在抬起头开玩笑。

欢欢怔怔地望着小林，她坐在地上伤心地流泪，浅棕色美丽的眼睛，不断涌出泪珠。

"兄弟，你没事的，我帮你脱下套装包住伤口，带你去医治。"罗杰流下眼泪，他看上去完全在强装镇定，走上前去想要把小林从套装里硬拉出来，可是他的手抖得太厉害，根本已经没有办法脱下任何东西。

"罗杰，你来猜猜这些人，是不是其实是 3F 公司定位，派来收割我们的？我们的排名太显眼了。咳……咳，不然他们怎么会知道我们在这里休息，这片玉米地里根本就什么都看不见啊。"小林还在说话，他的血留了满地，渗入了土壤里，他身周的玉米杆子变成了深红，深棕的泥土都变成了黑色。

"兄弟，你别再说你这些理论了。"罗杰还在努力，他用全身力气撕扯着，但怎么可能撕开3F的聚合物套装。骷髅队的队长罗杰急哭了，他在绝望中根本已经忘记了该如何脱下小林的套装，很不甘心地直跺脚。

"别弄了，大哥。我已经通过代理人搞定了，人虫可以……也只能在萨魔亚群岛注册基金公司，现在公司投资得很好，买3F的股票也涨了很多，我们都是3F的股东了。"

"你别说话了。"

"我要走了，这样挺好的，所有人的钱在基金公司都已经安全。你们把我的那份分了，就够了。这样的话，回到普通人后，应该还有盈余。当作新生活的启动资金吧，算是我送给你的分别礼。萨魔亚就交给你了，别给我出岔子啊……"小林的声音已经很小了，但还努力抬起头。

"等你伤好了，我们一起去……"罗杰已经泣不成声。

小林示意罗杰凑近他，抬起头来以最后微弱的声音说道："我最后也有个自私的请求，你以后要告诉欢欢，不管她接不接受，我都是这个世界最爱她、最憧憬她的人……"他的头终于伏在了地上。

老蓝默默看着这一切，他忽然明白了小林在做什么，他为何在临死前还要让罗杰感到内疚。小林要让罗杰去兑现这种内疚，去像自己这般尽其所能的爱欢欢。

老蓝觉得罗杰是崩溃了，他趴在小林的身上大声哭了很久，不停地捶打自己的脑袋。过了好一会儿他才起身，徒手在泥土上挖了起来。罗杰挖得很用力很快，手上都冒出血来，花了没多久就刨出一个凹陷。他把小林翻过身来，让他仰躺着，再把他拖入了凹陷里面。他回头看了看一边的欢欢。欢欢也站起身，她跪在凹陷边探头下去，吻了一下小林的额头，然后他俩一起用玉米秆和玉米叶，把小林的尸体埋藏了起来。

"走吧。"罗杰小声说道。他和欢欢都变回了人虫的形态，飞驰而去。老蓝也开足马力追了上去。

在高速道上飞驰，老蓝的心里难以平静。不知过了多久，他看见了前面的一轮金色夕阳，这才缓过神来。他发现胖胖和米灰已经跟在了他们后面。罗杰肯定把他们招了回来，S市就在前面，米灰和胖胖本来就在附近做任务。

"听好了"，罗杰在和所有人通讯，"我们的基金公司现在持有3F股票，我把一部分已经折现还掉了我们每个人亏欠3F公司的债务。我们每人在公司有股票账户，户头中一大部分会作为大家加入萨魔亚赌场VIP俱乐部的押金，每人五百万D货币。剩下的股票，每个人拥有的价值大约两百万D货币。"

通讯系统中每个人都保持着沉默。大家都知道，这其中有一大部分本来是小林的，他的投资帮骷髅队大幅升值了资产，他把股份给了伙伴，希望他们这些伙伴开始新的生活，以后过得好点。

他们根本没有再用什么矩阵行进了，虫体只是一只跟着一只，罗杰和老蓝在最前面带队。下了高速道，他们在马路上飞快地穿行，老蓝看见许多人向他们竖起中指。罗杰和他把队伍带到了那个冬青和松柏的小树林里。天已经暗了，树林里的一切都模糊起来。

"把套装脱了吧，穿着没法去萨魔亚。这里也非常隐蔽，没有人会来的。"罗杰说。

大家都保持着虫的形态脱去了套装，全都赤身裸体地从空壳中钻出来，各自拿出备好的普通衣物开始穿起来。所有虫体尾部硬壳的下面都闪出了红色的光线，发出"哔哔哔，哔哔哔"的响声。再过十分钟，虫体就会自己锁定。罗杰没有穿上衣服，而是赤身裸体地来到老蓝的面前，他居然就在老蓝的面前收起了老蓝的那具虫体，然后把生长着硬壳的空洞套装拿在一只手上，仿佛一点重量都没有。

"你……"老蓝看着罗杰的眼睛，那眼睛炯炯有神。

"我该走了，接下去必须你来。"罗杰对老蓝说道。

"那你呢？你不能就这么走了。欢欢怎么办？你这个胆小鬼！你其实根本没有小林那么爱她，对吧！"老蓝的心里居然没有惊慌，而是愤怒。

"随你怎么说，都交给你了。我要去找我的金色手环。有了它，所有的事情才能万无一失，小林的钱和命才不会白费。"说完，罗杰就这么赤身裸体地走了，不一会儿，他和老蓝的套装、硬壳一起消失在老蓝的视野里。

金色手环？老蓝一边穿上衣服，一边若有所思起来，觉得自己的脑袋一阵阵昏晕。欢欢来到他的身前，她已经穿好了衣服，黑色的风衣和黑色的牛仔裤，一双大眼睛闪着清莹的光泽，看上去就像是一只天上的椋鸟。

"去我家休息一下，晚些再出发。"老蓝说。

欢欢很自然地挽着他的手臂，米灰和胖胖跟在他们身后，一起走向城市别墅。别墅的院子里，并没有青葱，没有老高和老高，也没有他们搭的帐篷。他们走入别墅，里面还是一如既往的邋遢。老蓝让他们在二层休息一会儿，喝点水吃点人虫口粮。他看见了那个古旧电视机，才发现它后面的电插头早已经烂在了地上的一块塑料布里，电线和融化的塑料如同三叶虫的化石一般搅合在一块儿。他独自一人走上了三楼，打开了昏暗的白织灯，躺在了单人床上看着这昏暗的光线，屋子里还是到处散落着纸片，那些公式和图表被画在上面。

"这是你的家吗？在你成为人虫之前？"不知何时欢欢走了上来，她站在门口问他。

"是的，我一直住在这里，这是老陈留下的房子。"老蓝说。

"老陈是谁？"欢欢问道。

紧接着她关了门，关了灯，只剩下窗外皎洁的月光。她面向老蓝躺在了他的身边，并且拿起他的一只胳膊垫在了自己的颈部。欢欢钻到他的怀里，紧紧地拉着他的衣服，然后双手抱住了他，他也紧紧地抱着她。

老蓝深呼吸了一口，他闻不见，只能想象着欢欢身上的香水，薰衣草加上陈皮的香味，沁人心脾。他回答道："老陈是我的父亲。"

欢欢的嘴唇凑近他，他们两人久久地热吻在一起。老蓝摸着自己的心口，感觉自己的灵魂是如此完整，也想了起来，想起了这种久违的熟悉感。深爱一个人原来可以如此心痛，失去一个爱人原来可以付出一辈子的代价。代价，没错，人，即使是人虫，不管做出什么选择都有它的代价，他现在身在何处也罢，薩魔亚的那场赌局都在前方等着他。

欢欢的脸上有泪痕，她在老蓝的怀里睡去了。

22. 魔鬼的交易

　　眼前的一切模糊起来，林潇原感到自己的身体也冰冷下来，胸口的那股恶火似乎也变得非常微弱，它不再热烈地炙烤他的心灵，这让他感到既舒适又轻盈，仿佛可以马上长出翅膀，飞翔在碧蓝的天际。但他并不确定自己的模样："我现在还是一个恶魔吗？应该是吧，这来自于我的基因和血统，不受我的主观意志转变。我的头上会不会长出犄角，我的翅膀是不是黑色的和蝙蝠一样，并且翅膀的上沿长满了锋利的钩齿？我的话语是否还携带诅咒，把邪毒传播到每个人的心里？"

　　胸口那股火焰失去了一直以来的雄伟沉重，林潇原惊奇地发现，即使是那团永久燃烧的烈火中，仍然存在着清泉般的水。这就是她赐予我的泪水？水是蓝色的，那是因为它映着天空的颜色，与天空一样的高远，它正在逐渐变成晶莹剔透的蓝色水晶。

　　林潇原闭着眼睛，但知道罗杰和欢欢正用碧绿的玉米秆子和叶子盖在自己的身上。"谢谢你们的好意！你们两个从今天起，就脱离我的骷髅队，去好好生活吧。地狱里的事情，还是让见识过地狱和魔鬼的人去处理好了。"他默想。

从一开始他就知道罗杰是在利用自己，罗杰这个利己主义者利用着骷髅队，利用着每个人，去达到他那可悲的计划，但林潇原不在乎。他看到了罗杰的潜质，这是他在欢欢身上学来的技能，罗杰有重新成为一个人的潜质，即使只有一点点。有一点林潇原是肯定的，现在的罗杰根本配不上欢欢给予的爱，他也无法理解这种爱，无福消受这种爱。在这个世界上，心中拥有真爱的人是非常寂寞的。

即使是这样，林潇原还是决定帮罗杰，不单是为了他，为了欢欢，也为了自己。他明白了自己的宿命就是要与这个世界的规则为敌，而要打赢一场战争，他至少需要一支力量，并且为这支力量的意志先设定一个坐标。为此，他要变回魔鬼，重新回到魔鬼的世界做交易。

"谢谢你先帮我搞定了这个人虫资产的排行榜，它会流行起来，这样对你的萨魔亚项目也有好处，大哥。"林潇原坐在远东资本总裁办公室的沙发椅上，翘着一条腿，点起一支昂贵的高希霸雪茄。

"嗨，你别说，这身人虫的衣服倒挺适合你的，像我这样的胖子穿不了。你对我们那老爹做的事情，蛮严重的啊，有些过分，我当时差点没憋住笑。我想他这次是动了真怒，到现在都不提起要领你回来。你说说，你这场闹剧还要搞多久？"

"这我也不知道，我还没玩够呢。"林潇原呼出一口烟，看见自己大哥的脸上挂着魔鬼的微笑。

"别闹啊，你从小比我聪明，老搞些恶作剧捉弄你大哥。说起萨魔亚的赌场，我是给人虫开过个小口子，这也是为了收割那些变得太肥的虫子，他们也许会惹麻烦的。不过我也不能太张扬，你知道，老爹不喜欢这种小动作，任何有隐患的事情他都不会同意，他变得太保守了。"他也呼出一口烟看着林潇原。

在自己亲大哥瞳神的深处，林潇原读到了贪婪、轻蔑和对他的杀意。

"你就放心弄钱吧，口子开得大点没关系，只是个微不足道的游戏而已，大家娱乐一下。万一老爹问起来就推到我的身上，说不定我也想通过这种游戏回来他的身边，去和玛利亚结婚呢？"

"别开玩笑了，我可不会把你的资本还给你，或者把我的版图分给你的。"

"你不用担心，你只要开着这个口子，我就保证不会再回来，不会来抢走你的帝国，大哥。游戏的规则，也不用你告诉我，我自己会搞明白的。"

"哼，这对你来说当然是小菜一碟。你不会是又在计划些什么出格的事情吧，我看不清你的动机。"他用他那胖乎乎的手托着下巴。

"我爱上一个女孩，就是那个未成年的少女，人的脑子里一充满情欲，就会犯傻，你知道的。"林潇原很确信自己大哥不知道，并且从未体验过这种感受，大哥心窝的地方只是一个窟窿，他为失去了真心而自傲，并且深信自己已经没有任何弱点。

"哈哈哈，这可真像你啊！总是变着把戏玩花样，恶趣味、变态的小恶魔！不过我一旦发现你另有企图 ……"大哥的眼中已经充满了杀意。

"有所企图，你可以赏给我几颗子弹吧。现在我只是一只虫子，对你来说也是小菜一碟，不费吹灰之力。"林潇原对他笑着点点头，并且心里很清楚，其实无需什么理由，这个胖子无时无刻不在盘算着怎样毁灭自己，唯一的忌惮只是老爹。不过，老爹对自己的期望已经破灭，林潇原意识到，面对大哥他必须做好准备。

"好！有你这句话我就放心了。走，亲爱的小弟，我们下去吃饭，我新雇了几个法餐的顶级厨师，新来的黑海鱼籽酱也很好，熊掌你吃吗？"他边说边走到林潇原身边拍了拍他的肩膀，然后径自走出了办公室。大哥的背影比以前更胖了，小时候正因为贪食，他才会被林潇原用糖果戏弄，最后被老爹关在房间里两天两夜差点饿死。

林潇原也站起身尾随着他，心里并且已经盘算好了，下一次去威尼斯，他要做的事情和他要对罗杰说的话。他不能让罗杰不付出一点代价，不在命运的台面上掷一次魔鬼的骰子，就白白利用自己。

林潇原冰冷的躯体躺在罗杰为他挖好的泥坑里，心中永久剧烈燃烧的火焰，已经变成了许多美丽的蓝色水晶，它们映射着天空的颜色。他张开黑色的如蝙蝠般的巨大翅膀，一下子飞离了这个玉米地。"这里怎么会是我的目的地？我是地狱之子，必将在自己的坟墓中重生。"他飞向太阳的光辉，额头的犄角向上突起，刺破了天界的极限，他在一瞬拥有了光的速度。

23. 萨魔亚的航班

欢欢在老蓝的怀里熟睡，老蓝希望时间可以永远停止在这一刻。可是时间总是到来得那么客观，那么公正，那么冷酷。他只能把欢欢叫醒，慢慢扶她起身。

"我们得走了，赶今晚去萨魔亚赌场的航班。"他对她说。

她睁开美丽的眼睛，整理了下衣服，轻轻地吻了一下老蓝的嘴唇说道："这个赌局不管结果怎么样，答应我，我们都要在一起好吗？这样即使无法成为普通人，我也会在你的身边守护你，没有了我你会迷失方向。"

老蓝看了看她浅棕色的眼睛说道："好的，到时候随机应变吧。"

原来今晚是圆月，怪不得外面如此亮堂，他们四个人跨越轻轨的轨道，很快就来到了附近的轻轨站。现在有些晚，站点的大多保安人虫也已经下班，剩下的都眼神涣散。于是老蓝带着其他人飞身越过了扫描手环的闸门来到轻轨站台，没有手环是不能坐轻轨的，人虫不能坐轻轨。可是现在他们穿着普通人的衣服，没人知道他们没有手环，也没人知道他们是人虫，所以他们就像普通人一般，堂而皇之的，一直坐到了终点站机场。

和小林说的那样，在机场最旧的 A 航站楼的角落里，在一扇玻璃门的上面写着"萨魔亚航空 VIP 休息室"。老蓝毫不犹豫地推开了玻璃门，一个美貌的年轻女人坐在服务台的后面。

"女士们先生们，我可以如何帮到你们？"女人很有礼貌。

"我们要飞萨魔亚赌场，去 VIP 俱乐部。"老蓝说道。

女人微笑着说："现在是 11 月 30 日晚上九点，你们正好赶上了今晚的飞机，请进里面的休息室，飞机已经准备好了，马上就要起飞。"

休息室里，坐着一个穿黑色西装的年轻男人，他左顾右盼，神色有些紧张，看见老蓝等四人对他们点了点头。老蓝看见男人的手腕上没有手环。

"兄弟姐妹，你们也是去萨魔亚吗？"男人怯生生地向他们搭话。

"是的。"老蓝回答。

"我是从 B 市来的，你们呢？"

"我是本地人。"老蓝说。

"哦，那你们知道，那个最后的赌局是怎样的吗？"男人有点激动地问道。

"不知道，我们也是第一次去。"欢欢帮老蓝回答了。老蓝并不想和男人搭话。

"哦，那祝你们好运。"男人有些失望。

"彼此彼此。"老蓝结束了对话。

不一会儿，外面停下一辆小巴士，年轻美貌的女人示意他们上车。巴士把他们带到了一架纯白色的小飞机边，飞机几乎没有任何标识，只有在尾翼上写着"薩魔亚博彩公司"。六个黑衣壮汉在登机梯边分站两旁，向他们鞠躬，引导他们走上飞机。

飞机的座位之间空间很大，每排只有两个座位，一共才十个，比一般民航空客的商务舱还宽敞。老蓝觉得欢欢似乎用担心的神情看着自己，她不舍地放开了他的手臂，坐在了与他同一排的座位上。那几个黑衣壮汉引导他们全上了飞机，示意他们系好安全带，就都挤在驾驶舱后面，在他们座位前面的小间内坐定。这些人让老蓝很在意，说他们仅仅是空乘服务人员，实在是不像，如果突发什么事情的话，他和胖胖加上刚才那个愣头愣脑的男人肯定是没办法的。

飞机很快就在跑道上滑行，一声轰鸣起飞后，片顷就进入了平流层。两个黑衣男人给每人都送来了香槟酒，老蓝知道欢欢一边喝酒，一边在看自己，他对她报以一笑。

一个黑衣壮汉从前面的小间出来，微笑地说道："女士们先生们，欢迎你们乘坐薩魔亚赌场 VIP 俱乐部的航班，祝你们今晚玩得愉快。老客人请向我出示您入场的标识，新客人请用手环向我交付押金。谢谢配合！"

说完，他先走向坐在他们前面的那个西装男，微笑地看着他。

"我第一次去。"男人紧张地说。

"哦，尊贵的先生，那让我碰一下您的手环，收取您的押金吧。"黑衣壮汉说着，撩开自己的袖口，露出自己的手环靠近西装男。老蓝看见黑衣壮汉的手环非常特别，那是一种有光泽的半透明材质，上面还镶着几颗很大的钻石，他从来没有看过这样的手环。

"我，我没有手环，但我有这个。"西装男说着俯下身去，拿出了自己脚边的两个黑色的铝合金箱子，他站起身来用颤抖的声音说道："这里有五百万 D 货币的现钞。"

黑衣壮汉原本微笑着的脸立即阴沉下来："你是人虫吧。"

"这里是五百万 D 货币现钞！是真的钱！您看！全是一百的面值，您可以验钞！"西装男人打开一个箱子挺直身体大声叫道，似乎在给自己壮胆。老蓝忍不住站起身来，看见那个箱子里都是绿油油的 D 货币，那应该是真的纸币。

"哼哼，先生，您的意思是，我们要带着验钞机来给您数这五百万 D 货币吗？"黑衣壮汉俯下身凑近西装男笑着说道，他比西装男足足高了一个头。

"劳，劳驾您了！"

黑衣男撩开前面小间的帘子，对里面的大汉们使了个眼色。立即有两个大汉从里面走了出来，其中一个对西装男礼貌地说道："先生，劳驾您到后面的小间一谈。"说着，他们两人拉着西装男的手臂走向机尾后面的小房间，经过老蓝他们身边的时候，两个壮汉还礼貌地对他们微笑。

站在前面最先说话的那个黑衣男对他们四个说道"女士们先生们，请稍等片刻。"

忽然，老蓝听见后面的小房间里传出巨大的声响，仿佛台风或龙卷风的轰鸣声。接着，就听见了西装男的惨叫声，这惨叫声一下子就离他们远去了，然后"嘭"的一声响，龙卷风的轰鸣也没有了。老蓝和欢欢、米灰、胖胖都不由地站起身来向后面看去，后面小房间的门打开了，两个黑衣大汉微笑着从里面走了出来，就像什么事情都没有发生似的。老蓝努力盯着那个房间，里面空空的，西装男和他的黑箱子都消失不见了。

两个汉子关上了飞机尾部小房间的门，一边笑着对他们说："见谅，见谅。"然后又回到了前面的小间里。

"大哥，大哥……"老蓝听见米灰嘴里小声嘟囔，她一向很沉稳，一向面无表情，现在却露出了一丝紧张的神情。老蓝看见胖胖的眼睛里充满了警戒，但面对这些壮汉，他知道他们并没有办法。他的脑袋中飞速思考着，并且寻找着欢欢的眼睛，她的眼神居然还很镇定。他知道自己不能怯懦，心里想着小林死时的勇敢，便对伙伴们点点头，示意他们坐下。

站在前面的黑衣男看看老蓝，立即知道老蓝是带头的，马上走到了他的面前，重复了一遍与刚才一模一样的话："尊贵的先生，请向我出示您入场的标识，新客人请用手环向我交付押金。谢谢配合！"

老蓝鼓足勇气回答道："我和我的兄弟姐妹们都是第一次去，我们也没有手环。"他觉得自己的语音里没有让恐惧有可乘之机。

黑衣男只是微笑地看着他，似乎在等他说出下面的话，或者等着他和刚才的西装男一样，搬出黑色的箱子。

"可我们四个是 FFF 公司的股东，你可以收取我们的押金。"老蓝勉强地微笑着对黑衣男说完，把自己没有手环的右手伸向他。

黑衣男眼睛里闪出亮光，对他鞠了一躬，压低声音说道："失礼了，请各位让我验证你们的 DNA 信息。"说完，他把自己那带有钻石的手环碰触老蓝的右手。

验证完最后的胖胖，黑衣男人笑着对他们点了点头："各位的押金我已经收取了，押金会在您往生之后退还。非常感谢你们的到来，今晚玩得愉快！"说完不吉利的话，他走向前去，另一个黑衣汉子递给他一个托盘。他拿着托盘又来到了老蓝的身边。

"尊贵的先生，这是您 VIP 俱乐部的标识，请务必妥善保管，上面有您的 DNA 信息，以后再来就不用再支付押金了。"

他从托盘上拿起了一枚十分精致的袖扣递给了老蓝。这是一种罕见的表面有激光雕刻技术的十六面形袖扣，每个面在不同强弱的光线下，能看到不同的 3D 图案，这些图案是各式各样的甲虫。老蓝看见托盘上还有另一枚袖扣和两枚女式的胸针，这是属于他的伙伴们的。女式的胸针做工也异常精致，是一只栩栩如生的蓝色步行虫，他在威尼斯也见过这类甲虫，虫的口器衔着一个金色的骰子。

他们各自看着自己的袖扣和胸针，这个小东西值五百万 D 货币和他们刚才可能丢掉的性命。老蓝的心里感觉很不是滋味，不知为何，他总是要想起小林的死状，他像一只凶猛的巨型蜘蛛，浑身都是血。而这粒袖扣，这枚胸针就是小林用性命，帮他们换取的宝物吗？是通向自由的标识？

很快，飞机就着陆了，一辆豪华的黑色轿车把他们四个接去了赌场的 VIP 俱乐部。

24. 赌局

VIP 俱乐部是在萨魔亚群岛最大的岛屿上。轿车把他们送进了一个西式的皇家园林里面，老蓝已经看见了园林最前面的一栋巴洛克式的巨大宅第，其实它应该算是一个宫殿，每个窗户都闪出金黄的灯火。开到近前，他看见了这个宫殿的几个窗户里面巨大的水晶吊顶，无数水晶散发出璀璨的亮光。

司机帮他们四个拉开巨大厚重的大门。老蓝马上意识到，这里充斥着宴会的香气，只是他闻不见，侍者的托盘上托着香槟酒、红白葡萄酒、冰酒、金色的鱼籽酱面包片、白松露火腿小吃和各种各样奢华的点心。他听见女高音的独唱，她在歌唱弗朗茨·李斯特的夜曲《爱之梦》中的第三首，这首歌是根据符利拉德的诗而谱曲，诗的名字他记得，叫做《尽其所能爱的去爱》。

老蓝和欢欢都拿起一杯香槟，欢欢拿着酒杯碰了下老蓝的杯子，对他甜美地一笑，然后站在大厅里喝酒。香槟是上品，可是老蓝此刻根本没有心情去享受，只是机械地喝着。米灰和胖胖则站在老蓝旁边，他们都穿着牛仔裤和羽绒的大衣，显得很随便，他们左顾右盼着身边那些锦衣华服的人，脸上充满着漠然。

"请问四位今晚想要玩什么？楼上的德州扑克正好有空位，五十万 D 货币买入，有兴趣吗？"一个一头银发，打着红色领结，穿着黑色燕尾服，貌似管家一样的老者走近他们说道。

"我们要去变成普通人的赌局。"老蓝对他说道。

"哦，哦！哈！你们是人虫吧，稀客啊，稀客！好久都没有你们的人过来了，请跟我来。"老者显得很精神，他笑了一下，把他们领到了电梯间，按动了往下的按钮，"去地下室，那里有人接你们。"

电梯来了，这个电梯看上去很古老，外面的黑色铁栅栏门要手动拉开，里面还有一个被磨得很光滑油亮的木门，要向里面推开。他们四个挤进了狭小的电梯里，电梯里的木质贴面是桦木的纹路，左右两旁各有一面镜子。往镜子里看去，老蓝发现其他三人都显得很镇定，而只有他自己表情呆滞紧张。这呆滞紧张的表情并不优雅，却被两面的镜子无情地重复拷贝了千百次，表情以不同的角度展示给他自己，并向左右两旁延伸至无尽的远方。脚下的石塑地板是黑白相间的文艺复兴风格花案，花案上绘有淡金色的步行虫，这些甲虫头尾相连地排列在一起，仿佛在花案上环绕爬行着，它们巧妙地形成了一系列无限的循环。地下室只有一层，老蓝按动了按钮，手动拉起了外面那铁栅栏门，电梯开始下行。

"先生，您请跟我来。"

"女士，您请跟我来。"

他们一走出电梯，就有四个黑衣的壮汉在等着他们了。黑衣人把他们四人分开了，每个人都被一个黑衣汉子带着走。老蓝的心里忽然有点慌了，怎么又是这些人？这几个人是不是刚才飞机上那几个人？他也不确定，这些汉子长得都很像。

"我会在那边一直等你！"

老蓝听见欢欢的声音，回过头去看她，她正好也在对着自己看，她的眼神十分坚定，并向老蓝默默地招了招手，以示安慰，然后转头随着黑衣汉子而去。

黑衣汉子把老蓝带到了一个很宽敞的房间里，房间的层高肯定超过三米，里面水晶吊灯的灯光并不很亮堂，显得很柔和。房间的正中间有一个很大的桦木桌子，桌子的两侧各有一把木质的靠背椅子，靠背是棕色牛皮的，把手上雕刻着各种甲虫的图案。黑衣男让老蓝坐在其中一个木质椅子里，然后自己就在他的身后站定。这让老蓝很不自在，黑衣男在后面可以随时观察他，可他只有回头才能看见黑衣男。

"先生，庄家马上就来，请耐心等待片刻。"

再一次听见他的声音，老蓝确定了，身后的这个汉子，就是刚才飞机上那个带头的、最先开口的黑衣人。老蓝的背后不禁冒出了冷汗，心里更加动摇起来："这个人站在我后面，不会把我怎么样吧。这男人壮得出奇，感觉随手就能扭断我的脖子，然后把我提上飞机，在太平洋高空打开飞机后仓，把我直挺挺地扔下去，再也没有人会找到我了。"他用自己的余光看他，没想到黑衣人正咧开嘴看着他笑，并对他不明含义地点点头，这让他不禁毛骨悚然。

过了很久很久，他觉得自己的内衣都湿透了，嘴唇也干裂了，庄家却还是没有来。就在他开始发抖，处在崩溃边缘的时候，一个人从门外举步生风地走了进来，"嘭"的一声关上门，一下子就坐在了他的对面。老蓝还根本来不及端详她，她就把自己的手环伸到了他的面前，老蓝只知道她穿着红色风衣，是个女人。她的手环和那个黑衣壮汉的一样，上面的钻石在闪闪发光。老蓝用自己右手的拇指碰触了她的手环，让她进行 DNA 认证。

她为自己点上一支香烟，"你来洗牌。"女人的声音很成熟有磁性，她把手里拿着的一小叠扑克牌递给老蓝。

这叠牌可能有二十几张，纸牌的质地很硬很厚实，牌的背面朝上，看不见正面的内容，每张牌的背面都是黑白相间的网格和一只镶嵌在正中间的甲虫，那是一只淡金色的步行虫。本来应该是很容易洗，但老蓝的手却在不断地发抖，所以洗得很慢。女人和身后的黑衣人一言不发，老蓝听着自己的喘息声，看着自己不听使唤的僵直双手，额头上的冷汗滴到了桌面上。他只能深呼吸了几口，好不容易洗完牌，把它重新放在了女人面前的桌面上。

"游戏很简单，牌面上是你未来人生的选项。庄家收取小费，你每给我四十四万 D 货币的小费，我就为你掀开一张牌。掀开多少张随你，你觉得哪张牌最满意，就选择它。这里一共有二十四张牌，里面有六种不同选项，所以每种选项对应相同的四张牌。你明白了吗？"

"就那么简单？"

"就这么简单。"女人一边吸烟，一边笑着回答。

老蓝有些不敢相信，陷入了自己的思考。他曾经是个资本操盘手、投资掮客，他精通算术，在大失败之前还是小有成就的，而赌博只是数学概率，这他最清楚，所以他觉得自己与生活中那些上瘾的赌徒有根本的不同，赌徒是多么的愚蠢。但这个游戏却如此直白，其实只要本金够多，就能掀开所有的六种选项，然后简单地选择对自己最有利的一种。事实上，这个游戏，谁的本金够多，谁就能站在不败之地。

二十四张牌，六种不同选项，每个选项对应四张相同的牌。抽到第一张牌后，之后再抽到同样的牌当然倒霉，不过其概率却只有二十三分之三，而抽到不同选项的概率有二十三分之二十。如果抽到的第二张牌和第一张不一样，抽第三张牌的时候，抽到不同选项的概率是二十二分之十六，仍然是比较大的。转折点也许在于抽第四张牌，如果前三张牌幸运地都不相同，那么第四张牌与之前三张都不同的概率，就剩下二十一分之十二，几乎只有一半了。

为了看到所有的六种选项，从经验上说，肯定掀开的牌会不止六张，运气不好的话，可能甚至需要掀开十几张牌。问题就在于，他的本金只有两百多万 D 货币了，只够勉强掀开五张牌，所以就算运气好，不出现同样的牌，也注定无法看见所有的选项。

老蓝的心里很不甘："之前为什么操之过急，没有赚到更多的钱呢？不行，我这样想是自私和罪恶的，小林都为了我死去了，他何尝有过到这个台面上进行选择的机会，他把机会让给了我。而且，我根本没有退路，我现在已经连人虫都不是了。"

"那么，这就开始了？"女人可能看到了他迷离的眼神。

"开始吧。"他盯着那叠牌，心不在焉地回答。

"庄家小费。"女人伸出右腕，用自己的手环靠近他。

老蓝用自己的右手拇指碰触了一下，给了四十四万 D 货币的小费。

"第一张牌。"女人边说，边用手指夹了那叠牌上的第一张，放在了老蓝的面前，并说道："你来掀牌。"

老蓝看着这张也许能够决定他未来命运的牌，右手慢慢地靠近它，它的份量好像比一般的扑克牌要重，不过他还是很快把它翻了过来。那是一个手环的图形，普通人的白色手环。手环图形的下方，有一行小字。

"立刻以所有的资产，换取白色手环。"女人读出了小字的内容。

"这，这是什么意思？"他有种不太好的感觉。

"就是字面上的意思，不带走一分钱，但取回普通人的身份。"

"这太荒唐了。"

"我是庄家，无法辅佐你做决定。你是选择这张牌呢，还是继续掀牌呢？"

"什么叫字面上的意思，也就是说我要身无分文地变回普通人吗？那我一开始是为了什么来到人虫界，为了什么那么辛苦，经历那么多的危险，到头来竹篮打水一场空。一分钱都带不走，这应该是最差的一种选项，它把我现在的一切付之一炬，把我曾经所有的选择全盘否定。不可能是这个选项！不过幸好，这只是第一个选项而已。"老蓝陷入了自己的思绪。

"继续。"他终于说道，用右手拇指又碰触了一下女人的手环。

"第二张牌。"女人说着，又用两个手指夹了最上面的那张牌放在了他的面前，"请掀牌。"

这次他翻得很快，甚至有点轻率，心里都没有什么念想或祈愿。幸好，这张牌和第一张不一样，扑克牌上也画着一个手环，一个冒出金色光芒的手环，他的心里甚至一喜。图形的下方，同样有一行小字。

"暂以现有记忆换取白色手环，记忆恢复后手环得金色光芒。"女人念到。

25. 金色的手环

"这条是什么意思, 可以解释一下吗？"老蓝对这张牌有些感兴趣。

"3F 公司会暂时重新编辑你的记忆, 而你能得到普通手环和所有剩下的资产。记忆肯定有恢复的时候, 只是时间并不确定, 不过一定在十四年之内。到时候你的普通手环会发出金色的光芒。"女人盯着他微笑地说道, 很明显, 她知道他对这张牌有兴趣。

"什么是发出金色光芒的手环？我从不知道, 也从没见过。"

"也难怪, 金色手环是有地位的上层人才会有的, 资产达到一千亿 D 货币以上, 手环会发出金色的光芒。简单说, 你之后带着普通手环和恢复的记忆回到这里, 公司会补偿你曾经所失去记忆的一千亿 D 货币利息。"

"暂时以现有记忆换取, 这太奇怪了。"老蓝的心里同时在想那一千亿 D 货币, 那简直是富可敌国的财富。

"记忆也是一种财富，具有它的价值，我只是这个游戏的庄家，决定权在你。"女人说道。

"等一下，等一下，如果我选择这张牌，可以立即摆脱人虫界变成普通人，并且拿走我剩下的一百三十多万 D 货币，记忆恢复之后，还能拥有富可敌国的财富。只是最扯的是这个暂时收取记忆的设定，不过以 3F 公司的能力，他们很可能是有能力做到的。我可能以假的记忆状态，生活十几年吗？有了那一百多万做启动资金，可能日子也不会难过，不过这太奇怪了。"老蓝又陷入了自己的思绪。

"继续掀牌。"他其实是有些犹豫的。

"那好。"女人的手腕向他缓缓伸过来，他仍旧用右手拇指碰了一下。

"我要最底下的那张牌可以吗？"他想改变方式，因为这个女人总是拿最上面的那张牌。虽然这叠牌是他自己洗的，女人也不可能有机会出千，最下面的那张牌的概率也是和最上面那张一模一样，但老蓝想取得一点点的控制权。

"当然可以，如你所愿。"

她的手指拨开那叠牌，把最下面的那张移到他的面前，"请看牌。"

老蓝的心里祈祷着，这是不同于前两个的选项，是更好的选项。他很快地翻过这张牌，牌面上是一个镶有钻石的手环，和这个女人、背后那个黑衣人的一模一样。

"资产翻十倍，并永远持有钻石手环。你的运气不错哦，没有出现相同的选项。"女人笑着说。

"资产翻十倍很好理解，我现在还剩下八十多万 D 货币，翻十倍就成了八百多万，比我交付押金之前还要多。只是不知道这个钻石手环是什么东西。"老蓝心想。

"钻石手环是什么？"

"和我们一样的手环，是人虫界的管理者。你不用再四处奔波去做任务了，管理者也不必背着人虫硬壳，还有非常可观的收入和各种保障，当然也承担各种责任，不过我向你保证生活会变得非常舒坦。"女人笑着说。

"等一下，她的态度明显有所改变，之前还在说庄家是不带倾向性，不会影响我做决定的。可现在掀到和她手腕上一样手环的牌，就想要拖我下水了。"老蓝思考着，不由地看了这个女人一眼，她的容貌是漂亮的，但皮肤并不太好，她穿着红色的风衣，里面露出丰满的胸部，身材非常惹人。"这个红衣女人我见过她！没错，我想起来了，她是个骗子！"老蓝惊觉。

"这个钻石手环的选项看上去好得无懈可击，可这不是本末倒置吗？我到这里来是为了离开人虫界，可选择它反而永远成为了人虫界的管理者，虽然可以获得大笔的财富，可是小林的死又算什么？他要是知道了，做鬼也不会放过我的。"老蓝想起小林的死状，不禁打了个冷战，他觉得这不行，这算什么选项，刚才那个黄金手环还比它要好些。

"等一下，罗杰提到过金色的手环，难道就是它了？"

他有些慌了神，只剩下八十多万 D 货币，只够他再翻两次牌。但是按照前三张牌的样子，3F 公司显然是不会让他舒坦的，看来变回普通人不会那么容易，是要付出代价的。说不定剩下的选项都是这种奇怪的样子，可是也不能排除有一种十全十美的选项。但是事实上，他却只能掀五张牌，有一个选项是永远不可能看到了，所以才会永远有那个十全十美的念想。老蓝认识到这显然是个圈套，他应该保持理性，不做个赌徒，不应该中这个圈套。而且再继续选下去，掀到同样选项牌的几率也会大大增加，剩下的资产很可能就白白浪费，他们用命换来的钱就毫无意义般没了，怎么办？

"你已经运气不错了，前三张牌都不一样，没有浪费一分钱。不过你也可以继续掀牌，看看还有什么选项。"女人温柔地说道。

"她在激我上当，这个女骗子！接下来再掀牌，有一半几率掀开的是和刚才那三张牌当中相同的一张。可是，我该怎么办才好？该怎么选？"老蓝感觉天旋地转，回头看了看那个黑衣壮汉，他正在笑着把玩自己的钻石手环。

"我选金色的手环，这个收益最大，人虫和以前失败悲惨的记忆，不要也罢。记忆恢复后，还有巨额补偿，一下子晋升另一个阶层，以投资的角度看，可以说是万无一失的。"小陈的双眼发出炯炯的光！

老蓝的心中猛地惊觉，竟然发现小陈坐在他的对面，而自己居然站在了那个红衣女人的背后。

"这个女人是个骗子！你这个已经失败的人，还要选择这种牌来掩盖事实！要不是因为你的失败，就不会有罗杰！你是最无知的那个，怎么可能明白！"他对着小陈怒吼。

女人和黑衣壮汉似乎都无视他的存在。红衣女人笑着对小陈说"好的，如你所愿选择第二张牌！"

小陈转头看了看老蓝，缓缓地说道："你呢？我们的老高早死了！我把它留在丽都岛上，可是你忘记了它！再也没去接它！它究竟死在哪里都不知道！可是你还不愿接受这个事实！你想要十全十美，所以才无法做出任何取舍，你是个真正的胆小鬼！"

"还不是因为你做出了这种选择……"老蓝无力地低下头。

红衣女人对黑衣壮汉点了点头，黑衣男人靠近小陈，从怀里拿出一支白色的针管，不由分说地在他的后颈上扎了一针。小陈整个人立即软瘫了下来，眼睛眯成了一条缝，瞳神里的光熄灭了。黑衣壮汉从角落的橱柜里拿出一个折叠的轮椅，他打开轮椅推过来，然后拎起小陈把他绑在了轮椅上。

"喂，你醒醒！醒醒！"老蓝走到小陈身边，不停地摇晃他。

可是黑衣男人已经把小陈推出了这个房间，他推着他在狭窄的过道中行走。

"欢欢，欢欢呢？"老蓝大声叫道，如梦初醒般抬起头来，才发现是自己被绑在了轮椅上，他的心中充满了惊恐，于是拼命地挣扎着，如同一头即将被处决的野兽。他忽然觉得自己的小腹异常地胀痛，随后闻见了难闻的气味，低下头去，才发现臭味从自己的胯下冒出来，已经是大失禁了。

"真是难为你了，不过还好，你马上就会忘记这些不开心的事情，重新过上体面的生活。3F 公司会帮你安排好一切。然后，只要等待那一天到来，记得过来结束这场赌局，也许金色的手环会掉在你的头上。"红色风衣的女人在他前面转过头说道。

26. 白色的手环

一身冷汗惊醒，老蓝马上摸了摸自己的裆部，还好是干燥的。他这才发现手环在震动，闪着绿色的光芒，手环上显示现在正是晚上九点整。原来他坐在小黄的工作转椅里睡着了。不用看也知道，手环上是他前妻律师的音频留言，他不由自主地点开了这条留言。

"你好，我不浪费时间直说，你已经三个月没有付你前妻和女儿的赡养费了，法院的传单也没有回应，所以法院对你的禁令已经生效！加上这个月，就是四个月了，你打算怎么解决？不支付赡养费就不会让你见到女儿。"

他马上关闭了音频，又吓出了新的一身冷汗："咦？我不是付清了所有赡养费吗？我不是去当人虫了吗？"他看了看自己右腕上的白色手环，马上想起了那场赌局，"那难道又只是一个梦？不是的！我已经想起了所有的事情！"老蓝此刻很明白，他还在这个地方，还在这个混沌的夹缝中，是因为还有自己一个人要去面对的事情、面对的记忆！

他冲出办公室，跑下楼去，搭上了回家的轻轨。下了轻轨，他一路狂奔。刚冲进院子的时候，老高就迎着他扑了上来。老蓝俯下身去，让它的前爪搭在自己的肩膀上。老高低下头去，把头靠在他的胸前，让老蓝抚摸它头顶上棕灰色的毛发。老蓝抚摸着它，紧紧抱住他曾经的爱犬。

"Goofy，我对不起你，我把你忘记了那么多年。现在放你走了，我的好朋友。我要上楼去见他，和他聊聊。"

老高摇着尾巴，最后舔了几下他的手。老蓝站起身来，它又在老蓝的裤腿上嗅了几下，然后跑出了院子，消失在夜色中。

老蓝慢慢走上二楼，推开厕所的门。老高正坐在马桶上，他的脸色很凝重很紧张，汗珠从额头上滴了下来，他发现老高的脸上多了好多皱纹，他看上去仍然还是一个绅士，但似乎一下子老了许多。

"所以找到了吗？那么多年，我们那万无一失的金色手环？"他走上前，蹲下身去凑近老高，和他面对面。

老高低下头，他用自己的右手握着老蓝右腕上的白色手环说道"当然，找到了，你的心里其实是知道的吧，自从你不知为何回到这个城市别墅里，你心底里其实就知道了，可是……"

"可是什么？"老蓝故意问。

老高的右手紧紧握着老蓝的右腕，老蓝看见金色的光芒从那个地方冒了出来。老高随之放开手，老蓝右腕上的手环不见了，而老高右手的手掌里是一个手环，它闪出耀眼的金光。

"可是它的代价是什么？我的心里为何如此悲痛和懊悔？不应该是这样的。"

老高把右手扣在老蓝的右手上，手环落在了他的手心里面。没想到这个金色的手环是那么轻，简直一点份量也没有。老蓝看见它缓缓地漂浮起来，离开了他的手心，它的金色光芒变得柔和，渐渐的，整个形状虚无缥缈。他就这么一直盯着它，直到它消失在厕所的空间里。

原来只有老蓝自己正坐在马桶上，随手拿起洗脸池边上的一面小镜子，他把它放在自己的面前，镜子里是老高的容颜，没错，他脸上的慌张已经消失了。

"老蓝，老蓝！"

他听见有人在叫自己，是一个熟悉的女声。他睁开眼睛，发现自己是在虫体里睡着了，空气罩包裹着他，虫体正高速行驶在地下配置室的试验跑道上。他的全方位信息眼镜的一角，闪现着那个红色的骷髅。老蓝确认了下自己的右腕，手腕上面并没有手环。驶离试验跑道，他收起了虫形，六足、身体下面的白色软质聚合物、空气罩都马上回到了他身后的硬壳里面。他发现自己的面前是一个熟悉的伙伴，很久都没有见到她了，她的面貌虽然变化很大，但老蓝怎可能不认得她。

"我都想起来了，梅根。或者我应该称呼你米灰，好久不见。"

"真是对不起，见到你的时候我真不敢相信自己的眼睛。你跑来在我面前亮出那张卡牌，也真是吓了我一跳，它是 3F 背后的势力用来监视我们所有言谈举止的，我当时就不能破坏规矩乱说话了。确认你的来意后，我才知道你多年前选的也许是哪张牌了，罗杰。"

米灰说完，过来与他紧紧拥抱在一起。

"其实我本来姓陈。"老蓝说着，一下子闻见了米灰身上的气味，那是一股曾经十分熟悉的气味，一种什么事物烧成了灰烬的味道。老蓝看着米灰蓝色的眼睛，他敏锐的嗅觉回来了，此刻他忽然知道了这种味道的本原，那也许就是米灰的那颗心，她的心在很久以前就燃成了灰烬。

"大哥，我当然知道，罗杰是你上一次进人虫界后用的名字，老高是你这次进人虫界之前的名字。大家到了这里，都不会用自己原来普通人时候的名字，除了林潇原那家伙。我的本名也不叫米灰，也不叫梅根。"

"所以你当初的选项是……"老蓝放开米灰，面对她问道。

她撩开了自己白色套装右腕的袖口，那是一个透明材质的手环，上面镶着闪烁的钻石。

"果然，真像你的选择。"

"所以，大哥，我刚才在上面的时候不断试探你、暗示你，但发现你是真的不记得了。作为这个 3F 旗舰店的管理者，你又带来了监视我们的卡牌，我必须遵循公司法典行事。你被暂时取走了记忆，也难怪我们一直都找不到你，原来你就在 S 市我们的眼皮底下。我们从萨魔亚回来后，还回去你以前那个家找过你，可是你却不在那里。"

"过去十三年了吧，直到一年前我才回到那个地方，和你们错过了。胖胖的选择和你一样吧。"

"嗯，他已经是 3F 公司本部的重要高层了，主要管软件的开发，全方位信息眼镜的瞳孔操作系统就是他的杰作。你到这里亮出那张卡牌之前，幸好我已经联系了胖胖，我们给你下了药，你喝的那杯 black coffee 里面有帮助复苏记忆的解药，加上胖胖在你的眼镜系统里面偷偷植入了叫做莉莉斯的大脑皮质层病毒，以病毒给你的梦境来催化你的记忆恢复。你看见林潇原曾经设计的那个骷髅标志了吧，它就是莉莉斯。”

“我看见了，以前那个滴血的骷髅像。”老蓝明白了，原来莉莉斯是一个专门为他设计的病毒，他所经历的梦魇，其实是一个携带着他真实记忆的故事，在故事里他人生中四个阶段所经历的记忆，被莉莉斯撕裂成了四个不同的人，小陈、罗杰、老高和老蓝，他们都回到了自己最初的原点“城市别墅”，而一切只是发生在这里的试验跑道上。他的记忆彻底回来了，敏锐的嗅觉也彻底回来了，一切都感觉如此真实。

“我没有胖胖这样的才能，只能管一个店。”米灰摇着头感慨道。

“米灰，你们都……”他欲言又止。

“大哥，我们都非常好。你是清楚我性格的人，我就是这么窝囊、这么消极，但我和胖胖自从林潇原发生那件事后，就已经明确了目标，我们还有未完成的事情，一切都会进展顺利，我们也从来没有后悔过。”米灰坦然地笑着。

“那就好，大家没有白忙活。”

“你现在有什么打算吗？等会儿上去，你不能再用罗杰这个名字了，罗杰在人虫界已经成为了一个传奇。所有人虫都知道你曾带着骷髅队去了萨魔亚，虽然公司隐瞒了所有真实的细节，但各种猜测更是弥漫起来。年轻一代的人虫变得空前团结，现在全部蠢蠢欲动，他们把罗杰作为了自由的象征，一个真正的偶像和坐标。”

“还是叫我老蓝吧，我想去一次萨魔亚，现在就去，我要去和他们算账。”他的眼睛盯着米灰，脸上挂着几分惭愧的神色，老蓝有些懊悔在那个酒店门口接受了红衣女郎的卡牌。

“钱你不用担心了，我和胖胖一直还经营着我们五人的基金公司。

林潇原注册的这个公司现在已经变成了集团，其中的一个非盈利机构以林潇原的名字命名，它为人虫的孩子们创建了一个新的未来，这些孩子也都会成为人虫。萨魔亚赌局之后，你和欢欢的户头被 3F 公司接管。胖胖就又为你们两个在子公司开了私人账户，大哥你现在的账户里，十几年的分红有十亿 D 货币，不用再担心那四十四万的小费了。"

"嗯，欢欢呢？"

"她选了白色手环，从萨魔亚回来后，在 S 市过着普通人的生活，我们起初还有联系，曾试图分红给她，但她很明确让我们把她的所有分红给了林潇原的非盈利机构。她不知何时换了手环的呼叫密码，现在我也不知道她在哪里了。"

"嗯，米灰，谢谢你们，我要回一次家，请你把我刚才的衣服拿来吧，还有那张卡牌。"说着，老蓝变成人虫的形态，然后又赤身裸体地从虫壳里面爬了出来。

穿上米灰拿来的衣服，把红衣女郎的卡牌揣回裤兜里，老蓝和她道别，"保重了米灰，你们注意安全，我会再来看你们。"

"胖胖是很难碰见了，我会一直在这里。"

傍晚的时候他回到家中，在底楼的过道里找到了很旧的一大一小两个帐篷，那曾是他自己和 Goofy 在院子里玩耍用的，在大的那个帐篷里面，他找到了那枚萨魔亚赌场的袖扣。他来到院子里摘掉了最后剩下的青葱，在院子的一角，他刨了一个坑，把小的那个帐篷埋在了泥土里，并且找到一块黑色的石头做了一个小墓碑。他在墓碑正面刻上了"爱犬老高之墓"，在背面刻道"希望你从丽都岛出发，早已到了那个美丽的世界。2051 年 12 月 1 日在城市别墅纪念"，署名是"另一个老高"。

他又来到城市别墅的三层，把这个阁楼彻底地打扫了一遍，扔掉了所有的那些公式和计算，掀掉了窗子上所有的床单，打开窗户，让今天最后的夕阳和新鲜空气赶走了屋里的晦暗和恍惚。

到了晚上，老蓝一个人出发了，路线和十三年前一模一样。

"所以你又回来了，我的老朋友。"

现在这个红衣女郎坐在他的对面，刚才他身后的那个黑衣男在飞机上也是这么招呼他的。他们两个也有变化，红衣女郎倒还好，看上去并没有比十三年前老多少，身材依然惹男人心动。黑衣男人脸上留了胡须，头发有好多变白了。

女人把自己镶钻的手环靠近老蓝，他用拇指碰触了一下做 DNA 验证，和当初没有差别。

"真是太可惜了，我不能让你的手环变成金色的，因为你现在根本就没有手环啊！哈哈哈，你怎么会又一次去人虫界啊，我尊贵的先生，大名鼎鼎的罗杰去了两次人虫界！嘘，我当然会帮你保密。"红衣女郎一开口，老蓝闻见了她满嘴的香烟味。

"唉，第一次只能怪自己自私愚钝呗。第二次嘛，也只能怪自己蠢，还劳驾你推了我一把，真是谢谢你啊。"老蓝嘲弄了自己一番，把揣在裤兜里的那张有淡金色步行虫的卡牌抛在红衣女郎的面前。

"哎呀，我亲爱的罗杰可别生气啊。你那么个聪明人肯定不会不明白，我可不是针对你啊！你毕竟是我的老客户，你照顾我，我也照顾你，但公司对一切事情都有规则的，比如外面世界的钱该怎样运作，一场赌局从头至尾该如何布局，老高的记忆具体在哪个时间点恢复，他的故事最后该以什么形式收尾，总之真是可惜了！我都为你感到可惜。"红衣女郎显得很羞涩，收起了老蓝抛回给她的那张卡牌。

"这没什么，我是真心谢谢你。"

"你是第一个重复这相同游戏的人。这样吧，今天我作为庄家为你破个例吧，给你两种选择。"红衣女又露出了她那惹人的甜美微笑。

老蓝记起来她当初就是用这种笑容骗了自己，用选择题骗了自己。

"请说。"他的心中很坦然。

"一种是选择你上次掀开的三张牌。"女人说着，发了三张牌在他的面前。老蓝惊叹于这个女人的职业记性，这三张牌的图案面朝上，白色手环、金色手环和钻石手环，连十三年前的顺序都没有搞错。

"你真应该考虑一下，是不是应该选钻石手环了，罗杰。"女人甜美地笑着，她的眼神在勾引老蓝。

"哼哼，另一种选择呢？"

"另一种就是再来新的一局呗，说不定你可以掀出不同于这三张的选项，十全十美的那种。"红衣女郎的瞳神中，闪现出一种魔性的甜蜜，"当然还是要给我小费，四亿四千万 D 货币掀一张牌。小费翻倍了，因为你已经知道了其中的三张牌，这也不是我针对你，而是规则，期待自己翻到新的选项吧。"

"哈哈哈哈 ……"老蓝不禁狂笑起来，原来这就是整个魔鬼游戏的本来面目，玩家永远无法看到所有的选项。

"这个游戏就是如此，你要重新洗牌吗？"女人作势要收起他面前的三张已经翻开的牌。

"不用忙了，我选这张就好。"老蓝的手指向第一张牌，最普通的白色手环。

"罗杰，这就是你今天早上戴的那个余额为零的手环！以任何视角看，这都是最差的选项了吧，我知道你现在非常有钱，比上一次有钱了许多。"

"你是说我基金公司账户里新的十亿 D 货币吗？没关系，我就选第一张好了。"

"你确定吗？ 3F 公司会接管你的所有私人资产，一分钱不留。"

"哦，我美丽的庄家，我很确定，从来没有如此确定过！"

第二天一早从萨魔亚回来，老蓝的心情非常好，虽然他一分钱都没有，但也还清了所有的债务，感觉一身轻松。他拿回了手环，先拨通了小黄的音频。

"老高，我正在机场呢，昨天和你通完话后，就收到了公司所有拖欠我的工资，公司哪里来的那么多钱？我联系了你一下午也没有联系上。你是不是做了什么犯法的事情？"这个孩子讲话总是那么直白。

"什么犯法不犯法的，没有，你回来后，还跟我一起工作吧。"他笑着说。

"好啊，不过我们公司不是倒闭了嘛。"小黄的声音和她的眼神一样，很真挚。

"咱们再创业，慢慢来。"

"好啊，创哪种业呢？现在金融环境并不好。"

"开个小吃店卖油饼，你出钱，我出技术。"

"哈哈，老高，你开玩笑吧。"

"不开玩笑，你愿意吗？"

"可以，你以前是个好老板，就合伙做油饼吧。"小黄咯咯地笑。

27. 尽其所能的爱

　　在这个年纪做油饼铺子，每天到了晚上都会让老蓝直不起腰来。幸好有小黄日日夜夜和他一起，年轻的小黄看上去很快乐，她并不在乎自己的学位，或曾经的那些高级的工作经历，看见创业有了实实在在的起色，她会把这一切视为是有意义、让自己快乐的事情。她仍然称老蓝为"老高"，老蓝也并不想告诉她多余的事情，他喜欢小黄这孩子的气味，她的纯真，不想哪怕给她一点点困扰。

　　对老蓝来说，做油饼本身并不值得快乐，那只是一种重复性的劳作，就像一只虫子那样，生活自然而然地给予它磨练，而并非要赋予它任何思想性的意义。意义是不断变化的虚无啊，是的，无需不断的选择和算计，像一只虫子那样早出晚归地劳作，何尝不也是一种进化，谁又比谁谦卑，谁又更有智慧呢。何必需要计较那么多成本、代价，经历了两次人虫界，他知道现在需要的是放下那个虚妄和狭隘的想法：认为自己可以赋予生活以意义。而这种放下，让他感到快乐，生活似乎也开始赋予他幸运和善兆。令老蓝十分庆幸的是，他的前妻似乎能看见他的改变，她经常带着女儿小芸来他的店铺买油饼。

他也已经很少关心金融和政治，但他知道，人虫界和人界正在迅速发生翻天覆地的变化。比如小林提起过的那个远东资本，在爆出了一系列洗钱、谋杀的黑幕后，它的基石逐渐松动起来，很快被一家基金公司所吞噬，那正是他们骷髅队五人曾经创建的集团下属企业，其他经历过萨魔亚的人虫也成为领袖，他们也带着雄厚的资本和信念加入了这个集团。巨量资本的移动，让这个世界的规则也发生了变化，许多人、许多人虫都在争取着自由，传播着爱的力量，人虫界正在成为真正的"无界之国"。

南方新兴的叛军和一批年轻人虫结盟起来，这批年轻人虫曾经全部是人虫的孩子，他们的旗号上画着"罗杰的肖像"，老蓝看见过这个肖像，从不知自己的眼神能如此坚毅。那些流水线人虫开始拒绝生产武器，物流人虫联合起来揭发出越来越多的黑暗交易。那些保安人虫不再嗜钱如命而受雇于政府，而更愿意受雇于骷髅队五人的集团，转而帮助那些最需要帮助的人们，他们的壳上不再是黑色的天平，而全都画着骷髅队的标识。渐渐的，南方也不再有瘟疫、战争、饥荒和死亡。

老蓝努力置身事外，但这些事情还是能够在他的心中泛起一些波澜，他想起了自己曾经呈现在林潇原面前的三个工具，他现在认为小林一定知道，这只是他的小聪明、小伎俩，为了利用小林的隐晦交易，他向小林展示了"罗杰"能够被利用的价值。这是他们之间无声的买卖，彼此心照不宣，然而老蓝此时的心中充满愧疚。小林即使已死，也仍然能触发他所希望的、属于他的战争。虽然老蓝自己也并非一无所获，不管这些值不值得、公平与否，最终他还是得放下这一切。

因为，还有一件事情他从不曾放下，也不能放下。

每天晚上结束油饼小吃铺的工作，老蓝都会一身油腻味地来到那个卖龙虾的酒吧喝一杯酒，他已经不穿裁剪合身的西装了，而成为了一个真正油腻的大叔。并非贪这一杯，也不是这家酒吧的酒有多好，更不是要回忆起曾经的风光和浮华，他在等她的出现。他把这同时当成是一种赎罪和救赎，于是就不想错过任何一个晚上，每次他都会祷告和忏悔，用最虔诚的姿态。因为自己害怕付出的代价而去选择，所以才会愚蠢地错过了那么多年。

"我既对不起她，也对不起小林最后的嘱托。"

等着等着，一年的时间过去了。这一天又是一个特别的日子，是11月30日。老蓝早早地离开了小吃铺来到了酒吧，坐在吧台边上慢慢地喝酒，每过半小时点一杯，一直喝到将近午夜的时分，他觉得也许该离开了。

虽然不想承认，虽然每天晚上他的心中都充满了希望，但今天老蓝却有种切实的预感，他预感真的就错过了。他记起了一年前，她特意到过这个酒吧找他聊天，也许她也知晓老高的记忆即将恢复，但即使她给出了如此多的提示，老高却仍然木讷地选择了那个红衣女郎。也许她的心在那时已经死了。

走出了酒吧的门，他不由自主地往门边扫了一眼，那里并没有红色风衣的女郎，而只有一个钻在睡袋里的乞丐。老蓝从自己的裤兜里面拿出那枚精致的袖扣，看了一眼上面的甲虫光雕，把它放在了乞丐面前的碗里。乞丐机械地点点头，向他致谢。

"这位先生，如此珍贵的东西，你怎么就不要了呢？"

老蓝听见阿琳清莹悦耳的声音，僵硬的内心松动了，他闻见了她的香水味，熟悉的薰衣草加上陈皮的香味，胸口中的一切都崩塌着、翻腾着。尽可能稳住自己的情绪，他问道："那你的那枚胸针呢？"

"那种东西啊，我前几年搬家的时候给弄丢了。"阿琳哈哈大笑。

老蓝回过身去看着她的眼睛，那双美丽的浅棕色的眼睛。"不不，原来如此，无知从来是我，而不是这个曾经十九岁的少女。"

阿琳对他笑着说道："走吧。"

老蓝没有再问她去哪里，而是直接和她一起坐着最后那班轻轨去城市别墅。他们两个来到了第二层的西窗边，推开窗子让月光照进来。阿琳把半个身子探出窗口，久久望着那片被孤立的冬青树林。老蓝顺着她的目光看去，今天是圆月，皎洁的月光把一切都照得清晰可辨。

他能很清楚地看见，那片被树叶遮盖的地方有人影在攒动，那是一群身穿白衣的年轻人虫，他们一定已经回收了那四具一直在林子中隐藏着的虫壳。老蓝眯起眼睛，努力地望着那里，带头的两个人只穿着紧身衣，身上并没有壳，那是米灰和胖胖，他们的手里应该是抱着自己曾经的人虫套装。

在更深的树影中，他几乎确定看见了一个熟悉的身影，他是个浑身纯白的中年人虫，手里还抱着两件空洞的套装，它们的背部都有个很大的鲜红骷髅像，那是罗杰和欢欢的套装！那群年轻人虫慢慢聚集到中年人虫的身边，纷纷伸出手来，轻轻抚摸着这两件曾经沾满了此人鲜血的套装，仿佛稀世珍宝。

老蓝的心里电光火石，立即想起了十四年前，小林在那个威尼斯的餐厅里对自己说过的话："像你这样的普通人总是用直线思维想问题，也很健忘，魔鬼的游戏从来走的是曲线，甚至如同迷宫般复杂才能把人绕进去。"

"树林深处那个人，那人是……"他还没说出口，阿琳立刻回过头来，她用手指捂住了他的嘴，并且温柔地看着他。

"是啊，我的使命已经彻底结束了。现在，我只要向这个世界展现自己的爱就行了，尽其所能的爱。"老蓝说完，温柔地看着阿琳。

忽然，她的身后披上了一层光彩，一对巨大的白色翅膀伸展开，她美丽的身躯发出纯白闪耀的神圣光芒，老蓝眯着眼睛努力望向她，只能大约看见她的身形轮廓而已。